JN095580

岡田秀文

Hidefumi Okada

Chikento

治《ち》験《けん》島《とう》

光文社

治験島

目次

プロローグ　5
第一章　治験初日　8
第二章　治験二日目　78
第三章　治験四日目〜五日目　93
第四章　治験六日目　125
第五章　治験七日目〜八日目　143
第六章　治験十日目〜治験最終日　194
第七章　解決　258
エピローグ　288

装幀　　大岡喜直（next door design）
装画　　草野 碧

プロローグ

本土と島を結ぶ連絡橋の路面は黒く濡れそぼち、黄色いナトリウム灯をまぶしく反射させていた。先ほどまでフロントガラスで弾け、ヘッドライトを斜めに横切っていた雨粒はいつの間にか消えている。雨上がりの夜空が島影を縁取り、ほんのり白くにじんで見えるのは、山陰に覗く病院の明かりのせいだろう。

西ヶ島《にしがしま》――、通称、治験島《ちけんとう》。面積一・二平方キロメートル、同じ関東の景勝地である江《え》の島《しま》のおよそ三倍。C県を代表する観光地であるとともに、地域の救命医療をになう基幹病院である市西総合病院を中心に、公立や民間の研究開発施設などが立ち並び、島全体が最先端科学の拠点となっている。

全長約一・五キロメートルの連絡橋を渡り終え、しばらく道なりに行くと、病院と観光施設である灯台や水族館への分岐を示す道路標識が近づいた。

男はハンドルを切り、右カーブが続く坂道へ車を走らせる。坂を上りきるとアクセルを緩め二度、三度とブレーキランプを点灯させながら、案内表示に従い巨大な駐車場へと進んだ。外来診療はもとより入院患者との面会時間もとうに過ぎ、四階建ての駐車場はどの階もがら空きだった。

駐車場のゲートをくぐり、一階入口から少し離れたところに車を停め、エンジンを切り、男は車を降りた。助手席のドアも開き、女も降りた。

駐車場の建物を出たところで、男はふと気が変わり、足を止めた。前方には幅広の歩道があり、途中で二手に分かれる。一方は病院へ、一方は研究施設のあるエリアへと続く。

どうしたの、とでもいうように女が首をかしげた。

「病院を見よう。久しぶりに」

男が言うと、女も黙ってあとに従った。

病院正面の外来棟と奥の病棟へとつながっているこの道は、日中、外来患者や入院患者、病院職員たちで込み合うが、午後十時を過ぎた今は人影もない。

なだらかな傾斜を上っていくと、ほどなく外来棟の全面ガラス張りのエントランスが視界に入ってきた。照明はほとんど落ちているが、わずかな明かりがカーテンウォールに映えて、その外観は病院というより美術館かリゾート施設を思わせる。

エントランス前には芝生が植わる車回しの小庭園がある。ここからは見えないが、さらにその奥へ進むと石畳の広場となっていて、普段は椅子やテーブルが置かれ、休憩や軽食などをとる人たちでにぎわい、また、ときには数百人規模のイベントが開催されることもある。

男は女と並んで立ち、外来棟を見上げた。

およそ十年ぶりだ。まったく変化がないように見えるのは、夜で視野が限られているためか。

「……懐かしい」

女がつぶやいた。

たしかに。懐かしい。十年前、この病院で十数日を過ごし、殺人事件に遭遇し、犯人逮捕に立ちあったのだ。危険でもあったが、充実した濃密な時間だった。

あの呪われた治験に参加した者たちは今どうしているのだろう。

ふいに歳月が逆流するような感覚に襲われる。あの日、この場所に立ってエントランスを見つめた自分がよみがえってくるように。

第一章　治験初日

一

　ＪＲ中総駅前からバスで十分少々。市西総合病院の停車場で降り、全面ガラス張りのエントランスにたたずみ、坊咲貴之《ぼうさきたかゆき》は右手に提げた鞄を握り直した。ずっしりと重い鞄の中身は、入院に必須の着替えや髭剃りや歯ブラシセットのほかにノートパソコン、筆記用具、仕事の資料、文庫本など。

　一歩踏み出せば自動ドアが開く。が、その一歩をためらい坊咲が緊張の面持ちで立ちすくんでいると、

「ＳＵ－４８０の参加者かい」

　とつぜん声をかけられた。

　振り向くと、背の低い小太りの男が坊咲を見上げていた。

黒縁のメガネをかけ、くすんだ色のブルゾンを着て大きめのリュックを背負っている。歳は二十代後半と言われればそう見え、四十過ぎだと告げられても違和感はない、不思議な雰囲気をまとったとっちゃん坊や。

「僕は亜館健三郎《あだてけんざぶろう》。同じく被験者だよ。よろしく」

なれなれしく右手を差し出してきた。

「どうして分かったんですか」

戸惑いつつ手を握り返して坊咲は質した。亜館はにやりと笑みを浮かべ、

「SU－480の治験参加者は二十歳から七十歳までの男性。十三日間の入院だから、それなりの荷物を持っている。その条件に合致した人物が、未知の治療を心配するように、集合時間の三十分前に病院前で足をすくませている。君を参加者と推測するのは簡単なことだよ」

どこか胡散《うさん》臭さを感じるが、これから二週間近く一緒に過ごす仲間らしい。保険をかける気持ちで愛想よく、

「まるで名探偵みたいですね」

とおだてると、亜館は当然のごとく、でも少しうれしそうに笑顔を見せて、

「くわしくは話せないんだけど、ふだんも探偵的に頭脳を駆使する仕事をしていると言っておこう」

「そうなんですか。僕は──」

「待って」亜館は広げた右手を突き出し、「当ててみせるよ」

ぶしつけな視線で坊咲をなめるように観察する。なんか面倒くさい人物とかかわってしまったよ

うな気が……。

「見たところ三十ちょい過ぎの男が二週間もの隔離生活を送ることができるとすれば、失業者かフリーター、あるいは時間に余裕のある自由業かな。でも、見たところ、髪形や服装はまっとうな勤め人っぽいから、最近離職したばかりで、再就職までのつなぎの暇つぶしか小遣い稼ぎ、ひょっとすると休職中かもしれない。

営業向きには見えないから、職は経理などの事務職か、開発などの研究職。おや、胸のポケットに挿しているボールペンにタムラ自動車のロゴが入っているね。てことは君、タムラ自動車の社員なのかな。

そうだな、やっぱり事務職より、開発、そう、電気より機械、たとえばトランスミッションの設計とかしているんじゃないの」

驚愕に近い感情を隠すのに苦労した。推理の筋道はこじつけめいているが、ほぼ的中していたからだ。正確には、坊咲はタムラ自動車の下請けでトランスミッションの部品の設計をしている。入社十年目の特別休暇と有休を使い、今回の治験に参加するのだ。

一見、風采の上がらないオタクそのものの小男は、本当に本人の申告どおり名探偵なのだろうか。

（いや、まてよ）

東京から中総駅まで特急列車でおよそ一時間半。その間の大半を坊咲は仕事の資料を読んで過ごした。電車はすいていて乗客は少なかった。特急は一時間に一本。亜館も乗り合わせていたとしても不思議はない。その時点で同じ被験者かもと目をつけて、観察していたとすれば……。

「もしかして、ここへ来る途中に僕が仕事関係の本を読んでいるのを見たんじゃありませんか」

坊咲が質すと、亜館は目をそらし、突然、思い出したというように手を叩いて、

「そう、そう、この裏の病棟横に怪物伝説の祠《ほこら》があるんだ。治験島内の旧跡の中でもかなり貴重なものなのに、病院の敷地内にあるためあまり世間には知られていない。集合時間までまだ少しあるから、ちょっと見学しておこうよ」

この市西総合病院がある西ヶ島、通称、治験島が、長い歴史にまつわる様々な伝説に彩られていることは坊咲も承知している。ただ多くの理系人間がそうであるように坊咲も、歴史、ことに史実かどうかも定かでない伝承の類にはまったく興味がなかった。

それでも集合時間にはまだ少し早いのは確かだし、せっかくの誘いをむげに断っては角が立つ。坊咲は自分でも嫌になるほど、押しに弱い、気の小さい男なのだ。

というわけで、ちょっと変わった小男のあとについて行くこととなった。エントランスのある外来棟を回り、その奥の病棟へ向かう。

県内のみならず全国でも屈指の規模と最新設備を誇る市西総合病院だけに、八階建ての病棟も圧倒されるほど巨大だ。まだ築年数も浅く、歴史を思わせる建物などは見当たらない。

「そんなに古い史跡が病院の敷地内に残っているんですか」

アスファルトの小道を進む道すがら、坊咲は亜館に尋ねた。

「いろいろ変遷はあるんだけど、もとは女神伝説のおくまの墓所だとも言われているんで、二百年以上の歴史がある史跡だよ」

「へえ、死後二百年以上経ってもお参りする人がいるなんて、うらやましいですね」

「そうかい」不思議なものでも見るような顔で亜館が見返した。「僕は自分の死後のことなんかまったく興味ないけど。見も知らぬ人間にお参りされるなんて、かえって気持ちが悪いな。法的に問題がないなら、僕の遺骨はそのまま火葬場のトイレに流してもらってかまわない」

見かけどおりの変わり者で間違いないようだ。


「ああ、あれだ」

亜館が声をあげて指さした。

病棟の端、非常階段のそばに古びた木造の建物があった。建物というにはちょっと大げさかもしれない。大きめの百葉箱のような小さな祠だ。すぐ横には休憩用のベンチが備えられている。

近代的な病院には不釣り合いな、質素というか、みすぼらしい史跡だ。朝だからかもしれないが、お参りする人の姿もまったくない。

「だれもいませんね」

「だからあまり世間には知られていないって言ったでしょ。でも、もうすぐ女神コンテストもあるから、怪物マスクをつけたオタクたちが大勢やってくるはずだよ」

怪物マスクとは十年ほど前にこの島の伝説がテレビ番組で取り上げられた際、出演していたタレントがかぶっていたマスクである。美女らしき女の片頬から口元だけを残してあとの大部分が毛むくじゃらの野獣に変貌した怪物をゴム製のマスクで再現したものだ。これが評判を呼んで市販され、ちょっとしたブームになった。坊咲は興味がないので知らなかったが、今でも治験島の祭事には、多くの観光客が怪物マスクをかぶって参加するらしい。

亜館は祠の前で携帯電話のカメラをかざし、シャッター音を鳴らした。

祠の扉は開いており、御神体とおぼしき石像が覗いている。祠の中や外壁に短冊のような霊符が無数に貼られている。古いものは剝がれ、その上からいくつも新しい霊符が貼られ、それらもまた剝がれかかっている。

神仏習合なのか、祠の周りには小さな石地蔵がいくつも並んでいた。よく見るとほとんどは菩薩像だが、なかには鬼の形相の怪物像も交じっていて、縄でぐるぐる巻きにされた縛られ地蔵もある。石像は大きさや形がまちまちなので、もとからあったのではなく、参詣者が持ち込んだものだろう。

亜館はそれらの石像を一つひとつ写真に収めている。

最先端医療と対極にある因習や迷信の聖域がひとつところにあって、それを熱心に撮影している治験参加者というのも、思えばシュールな光景だ。

個々の石像を撮り終えると、次にいろんな角度から、史跡の全体像を撮りはじめた。

(いったい)

いつまでこんなことをしているのだろう、と思っていると、亜館はふいに腕時計を見やり、

「おや、そろそろ集合時間だ。急がないと」

携帯電話を折りたたんで背中のリュックに収めた。

坊咲と亜館はあらためて外来棟へ戻り、エントランスへと足を踏み入れた。集合時間が迫っているので、もうためらっている余裕もない。

自動ドアを入って中央に広いスペース。左側の奥には喫茶室と売店、右手に総合受付などのカウンターがあり、その向かいに何列も並べられた長椅子には多くの外来患者の姿があった。

坊咲と亜館は受付に寄らず、吹き抜けの二階へとエスカレーターで上る。ガラス張りの広大な壁から差し込む日で院内は明るい。

前に立った亜館が首をひねって見下ろし、

「坊咲君はいつスクリーニング検査したの」

「先々週の木曜です」

治験参加のための同意説明を治験コーディネーター（ＣＲＣ）から聞き、署名をしたあと、問診と血液検査を受けたのだ。

治験はその疾患にかかっていればだれでも参加できるというものではなく、疾患の指標となる検査値など一定の基準をクリアしている必要がある。参加の基準には、当該疾患にかかっている客観的な検査値のほか病歴、併用薬の使用状況などがあり、それ以外にも過去三か月以内にほかの治験に参加した者はエントリーできないなど、いくつもの除外基準も設けられていた。

三日前、そのときの治験コーディネーターから電話があり、スクリーニング検査をクリアしたことを告げられ、あらためて治験への参加意思を確認された。同時に坊咲を含めて被験者は全員で十人の予定だと知った。

「亜館さんもここでスクリーニングを受けたんじゃないんですか」

はじめて来た場所のように、妙にきょろきょろしている亜館に声をかける。

「そうなんだけど、僕、かなり方向音痴なんでね、治験管理室にたどり着けるか不安なんだ。坊咲君、連れていってくれる？」

連れていくもなにも、壁の案内表示に従っていけば自然にたどり着けるだろう。

坊咲は各科の外来受付や検査室の前を過ぎ、廊下を二、三度折れて治験管理室へと向かった。亜館もちょこちょことあとに続く。

「さっきの話の続きだけど」

歩きながら亜館が言う。なんの話の続きか戸惑っていると、

「君はまっとうな勤め人か元勤め人と推測される。なのにどうして二週間近くも拘束される治験に参加するのか。——あっあーっ、言わないで言わないで」

大声と子供っぽいしぐさで坊咲の発言を封じようとする亜館。坊咲は思わず周囲に目を配る。名探偵の手を煩わすほどおどろきの動機でもあれば面白いのだが、あいにくそんなものはない。

坊咲が今回、治験参加を希望したのは、かかりつけの病院で新しいアレルギー薬を試さないか勧められたという、しごくまっとう、かつ単純な理由だ。ともに長期休暇を取って海外旅行をする予定だった大学時代の友人の都合がつかなくなったことも背中を押した。

何事も経験、と軽いノリで申し込んだのだが、治験コーディネーター（ＣＲＣ）から、今回の薬はまったく新しい作用機序の薬剤で、海外で先行治験がおこなわれていることや、国内の一般のニ

ユースでも治験開始が取り上げられたほど注目されていると聞き、期待がふくらんだ。

　一方で、十三日間の入院を必要とし、その間、頻回に採血をされること、実薬と偽薬をそれぞれ六日間、服用すること、などの説明を聞き、不安の気持ちも芽生えていた。

「きっと君は軽い気持ちで申し込んだんだろう」

「どうしてそう思うんですか」

　ちょっとおどろいて坊咲は尋ねた。

「一見してそれほど重度のアレルギー持ちでもなさそうだし、身ぎれいなところから、お金目当てで治験に参加したわけでもないはずだ」

「まあ、先進医学への貢献や好奇心と、アレルギー治癒の期待が半々といったところです。亜館さんこそ、なんで参加したんですか」

「うん、まあ、僕も同じような理由だよ」

　そっけない亜館の答え。他人の詮索は好きなくせに自分のことはあまり語りたがらないタイプか。

「あれ？」

　亜館との話に気を取られて、現在地が分からなくなった。いつの間にか一階に戻ってしまっている。エスカレーターで上がったあと、階段を下りた記憶はないが。あわてて廊下の壁にある案内表示を確認する。

「困るなあ。君が頼りなのに」

「ああ、分かりました。治験管理室のある東館は高地になっていて表示が一階に変わるんです。この方角で間違っていません」

エントランスのある外来棟と薬剤部や医局、治験管理室のある東館は内部でつながっているが、傾斜地にあるため外来棟での二階が東館では一階になるのだ。前に来たときは階数表示に気づかず、治験管理室は二階だと思い込んでいた。

「ああそうなの。どうでもいいけど、早く治験管理室を見つけて」

ぶつぶつ文句をたれる亜館を引き連れて、歩き回っているうちに、ようやく廊下の先に見覚えある人影をとらえ、確信をもって足を速めた。

「おはようございます」

近づく坊咲たちに明るく声をかけてきたのは治験コーディネーターだ。たしか——名札に目をやる。そう、八島《やしま》さん。ショートカットの髪は落ち着いたブラウンで縁なしのメガネをかけている。年齢はおそらく三十四歳の坊咲と同じか少し下くらいだろう。

前回、同意説明やスクリーニング検査に対応してくれたときも好感を持ったが、八島は今朝もまた感じのよい笑顔で、治験管理室と筋向かいの部屋のドアを指した。

「あちらの会議室で、参加されるみなさんご一緒に説明しますのでお入りください」

やや手狭な会議室の中には、長方形のテーブルがコの字形に配されていた。十脚ある椅子は半分ほど埋まっていた。全員男性である。

坊咲と亜館もちょうどふたつ並んで空いていた椅子に腰を下ろした。

その後、数分の間にさらに数人が入室して十人分の椅子が埋まると、八島ほかふたりのＣＲＣが正面に立った。

「今日から開始する治験を担当させていただく治験コーディネーターの八島優里《ゆり》です。みなさんにはスクリーニング検査のときお会いしていますが、あらためて今後十三日間、よろしくお願いいたします。わたしのほかにあとふたり、この治験のお手伝いをします」

八島の横に立ったふたりがそれぞれ「深田《ふかだ》です」「今宮《いまみや》です」とお辞儀をした。

自己紹介のあいさつのあと、Ａ４の印刷物が配られた。

手に取ると、今回の治験スケジュールと注意事項が書かれていた。

全員の手に配布されると八島が、

「スクリーニングのときも治験の全容とスケジュールについてご説明しましたが、今回、正式に治験にご参加いただく前に、もう一度、全体の流れをご確認ください」

坊咲たちが印刷物にひと通り目を通したのを見とどけると八島は、なにか分からないことがあるかと尋ねた。全員が首をふると、

「それではこれから、みなさんに十三日間を過ごしていただく病室へとご案内します。そのあと、表にあるようにさいしょの診察と検査をして、治験薬を飲んでいただき、採血開始という流れになります」

坊咲たちを促して部屋を出ると、八島はツアーガイドよろしく先頭に立つ。きびきびした足取りで病院内を進む八島のあとを、坊咲たちは金魚のフンのようについて歩いた。

階段を上り、東館の二階と病棟の二階をつなぐ連絡通路をぞろぞろと渡り、廊下を突き当たりまで進んだところで八島は足を止め、左右の部屋を指し示した。

「こちら側の部屋はみなさんが治験期間をすごす病室となります。そして廊下を挟んでこちら側が診察室で、診療や採血などをおこないます。そして廊下を反対側へ向かって行くとナースステーションが見えると思いますが、その先にみなさんが休憩したり、飲食をしたり、遊んだりできる娯楽室が用意してあります。ではまず、みなさんの居場所をご確認のうえ、荷物を置いてください」

病室は四人部屋ひとつと、ふたり部屋が三つだった。できれば四人部屋よりふたり部屋の方がありがたい。

くじ引きかじゃんけんで好きな部屋とベッドを選べるのかと思ったがそうではなく、すでに各自、頭にAがついた番号が割り当てられていて、同じ番号のベッドが自分の場所だという。

「この番号はみなさんが服用されるお薬の番号とも一緒なのでよく覚えておいてください」

八島が続けて各自の番号を告げた。坊咲はA－9だった。

A－7から10までが四人部屋のベッドの番号だ。

「ちぇっ、四人部屋か」

隣で亜館が舌打ちする。亜館の番号はA－7だ。

「おたがい残念でしたね」

と坊咲は亜館をなぐさめながら入室し、自分に割り当てられたベッドのわきにある小さなテーブルに荷物を置いた。

各ベッドの間隔は一・五メートルほどで非常に狭い。さらにその狭いスペースに小さなテーブルや貴重品ボックスが配され、仕切りのカーテンを閉めるといっそう窮屈になるだろう。

相部屋となるふたりも入室し、自分たちの荷物を置いた。

まず、A－8の被験者が声をかけてきた。

「どうも、斎田智弘《さいたともひろ》だ。しばらくの間、よろしく」

「坊咲貴之です。こちらこそ」

斎田は一メートル九十センチ近い長身、やせ型で、年齢はおそらく三十代半ば。身長もさることながら、パーマのかかった長髪、奇妙な色と模様のシャツは、まるで昭和からタイムスリップしてきたように人目をひく。

もうひとりA－10は中年の男で、村上紘一《むらかみこういち》と言い、保険代理店をやっているという。

「ちょうど自宅兼店舗の改装工事中なんで、新しい薬を試してみようと思って参加したんだ。よろしくね」

と口早に自己紹介した村上を、亜館は忌々《いまいま》しそうな顔でにらんだ。きっと得意の推理で職業当てでもするつもりだったのだろう。

亜館はすぐに視線を転じて、斎田に近寄って声をかけた。

「君、つい最近、海外旅行をしたんじゃないかな。行き先はアメリカ」

「えっ、……ああ、これで分かったのか」

斎田の足元に置かれたバッグには、航空会社のステッカーが貼られていた。斎田によればアメリカの航空会社の創業三十周年の記念ステッカーで、この創業記念キャンペーンがおこなわれたのがおよそ二か月前。

「このキャンペーンのこと知っていたんだろ」

「あっさりネタを見抜かれましたね」

坊咲がからかうと、亜館は涼しい顔で、

「推理というのは大概些細で当たり前の手がかりを当たり前に解釈することからはじまるのさ。種明かしを聞いたあとに、そんなの自分でも気づけたと思っても、それは錯覚なのだよ」

坊咲と斎田が顔を見合わせていると、片手を大きくあげた八島が、

「それではこちらへお越しください」

向かいの部屋の前で被験者たちを招き寄せる。

いよいよ治験がはじまるのだ。

坊咲たち十人の被験者が入った診察室には、八島たち三人の治験コーディネーターのほかに白衣を着た医師がいた。

これから医師の診察を受け、アンケート用紙に記入を終えたあと、投薬、採血、採尿と続く流れだ。

治験の概要はさいしょのスクリーニング前に、八島からくわしく聞いて頭に入っている。坊咲はそのときのやり取りを脳裏によみがえらせた。

『治験というのは、研究と治療の両方の目的をもっておこなわれるものです』

談話所の椅子に向かい合って座り、緊張する坊咲に、八島はにっこりと微笑みながら言った。そして、治験は自由意思で参加し、やめたいと思ったときにはいつでも途中でやめられると告げたのに続けて、

『今回、坊咲さんにご紹介するのは、ＳＵ－４８０というアレルギー治療薬です』

ＳＵ－４８０は世界的な製薬会社であるハリスン製薬が開発を進めていて、そのハリスン製薬からの依頼により、市西総合病院で今回、治験を実施することになった。このＳＵ－４８０はＲＮＡ干渉といって、特定の遺伝子の発現を抑えることによりアレルギー反応を抑制する、従来とはまったく異なる特性を持った新薬だという。

『ということは、これまでにない副作用も出てくる可能性があるのではないですか』

坊咲の質問に、八島はゆっくり大きくうなずいた。

『その可能性はあります。ただ、現在まで動物実験ではとくに問題は出ていません。人間ではまだ海外で六十人の患者さんに投薬した経験があるだけですが、その六十人にも大きな問題となる有害事象は出なかったと報告されています』

『有害事象？』あまり聞きなれない言葉だ。『副作用とは違うんですか』

『ええ、副作用はその薬との因果関係があるか、因果関係が否定できない事象にかぎられますが、有害事象は治験中に起きた医療上好ましくない事象すべてが対象になります。たとえば治験期間中たまたま風邪をひいたとか、ドアに手を挟んで指を骨折したとか、交通事故にあってむち打ち症に

なったとか、そういったものもすべて有害事象に含まれるんです』

より広範に有害データを集めるわけで、なるほどと思ったが、腑に落ちない点もある。あきらかに治験薬と無関係の事象まで収集するのが本当にいいことなのか。ノイズばかり拾って、本来、問題とすべき重大な副作用を見逃すことにならないだろうか。

坊咲の疑問に、八島は、

『因果関係がないと思えた事象も、データとして蓄積されると別の見方が出てくる場合があるんです。たとえば、たまたま家の中でつまずいて捻挫をしたとか、自転車に乗っていて転倒したとか、一例、一例だけでは、偶発的な出来事と考えられたものも、集計してみると、同種のトラブルがあきらかに高頻度で起きていると判明したとします。するとそこから治験薬に患者さん自身も気づかない程度の軽いふらつきや眠気を起こす作用があることが分かったりするのです』

『なるほど、そういうわけですか。……あ、すみません。直接、今回の薬とは関係ない話で脱線してしまって』

『いえ、治験について分からないことや不安なことは、どんどん聞いてください。ほかにはありませんか』

坊咲が大丈夫ですと首をふると、八島は、《アレルギー性鼻炎患者を対象としたSU－480製剤の二重盲検《ダブルブラインド》クロスオーバー試験》との表題が記された同意説明文書を開いてみせ、

『では、今回の治験についてご説明します。その前に坊咲さん、治験には三つの段階があるのをご存じですか』

『知りません』

坊咲が答えると、そうですか、というように八島は首をこくりこくりと振り、

『今お話ししたように、治験は第一相、第二相、第三相という三段階の試験があります。第一相試験では少数の健康な男性に治験薬を投与して安全性と体内動態を確認します。体内動態というのは、薬が吸収され、体組織に分布して、代謝、排せつされるまでの動きのことです。第二相は少数の患者さんに治験薬を投与して安全性と有効性、用法・用量などを確認する試験。第三相はより多数の患者さんに治験薬を投与して安全性と有効性を確認する試験となります』

坊咲はアレルギー患者として参加するわけだから、今回の試験は第二相か第三相なのだろう、と予測していると八島が、

『ところが今回は少し変則で、第一相と第二相を合わせたハイブリッド型なのです。どういうことかといいますと、少数の患者さんで安全性や薬物の体内動態を確認すると同時に有効性の確認もおこなう試験となります』

『ハイブリッド試験というのは結構よくおこなわれるんですか』

『抗がん剤のような毒性の強い薬剤の場合、健常者に使用するデメリットが大きすぎるので、さいしょから患者さんを対象とすることはあります。ただ、今回のようなアレルギー薬でいきなり患者さんに服用していただき、薬効もみるのははじめてです』

現在、日本では、欧米に比べて臨床試験（治験）に長時間を要し、その結果、新薬の承認が遅れ、国内患者が最新医療の恩恵を受けられずにいるという問題がある。政府、厚生労働省、製薬業界は

打開策として、新薬開発の迅速化のため、様々な施策を講じようとしている。そのひとつとして、今回、ハイブリッド試験が導入されたのだという。さいしょの試験は海外が先行したが、およそ二か月の差で今回の試験ははじまる。

『そういうわけで、今回の治験は国内外で大きな注目を集めていて、この前はＮＨＫのニュースにも取り上げられて、この病院も映ったんですよ』

坊咲さんもご覧になりましたか、と聞かれたが、あいにく見ていなかった。

『そうですか』八島はたんたんと同意説明文書のページをめくり、『それでは本題に入りましょう。今回はＳＵ－４８０という治験薬と、それとまったく同じ見た目ですが薬効のない成分で作られた偽薬（プラセボ）を使用します。この両剤のどちらかが割り付けられますので、まず六日間、服用していただきます。そしてその間、採血や採尿をして薬物の体内動態を調べ、診察もして薬の効果も観察します。それから丸一日間のウォッシュアウト期間――薬が体内から完全になくなる期間――を置いて、さらに六日間、服用を続けます。ただし、先の六日間でＳＵ－４８０だった方は偽薬、偽薬だった方はＳＵ－４８０に入れ替わります。これが表題にあるクロスオーバー試験の意味です。この方法によって、どちらに割り付けられても治験参加者は実薬による治療を受けられます。

ＳＵ－４８０と偽薬のどちらを先に割り付けられるのかは半々の確率で、どちらを服用しているかは診察する医師も被験者の方たちも、双方とも分からない形で治験が進みます。これを二重盲検といいます。これは治療効果や有害事象の評価にバイアスがかからないようにするためのものです』

ここまでのところで質問はないかと聞かれたが、なじみのない話のうえに情報量が多くて、とっさになにを尋ねていいのか頭の整理がつかない。『えーっと』と言いながら続く言葉を出しかねているると、そういった反応になれているのか、八島は、『なにか思いついたら、話の途中でもいつでも聞いてくださいね』と言い、また同意説明文書のページをめくり、治験の進行の説明に移った。

『治験の参加にご同意いただけましたら、まず、さいしょにスクリーニング検査をおこない、坊咲さんの身体の状態が治験参加に適しているか確認します』

このスクリーニング検査の結果は約一週間後に分かり、そこで不適格となると今日の交通費だけ支払われ、治験には参加できないという。

『治験参加となりましたら、十三日間入院していただき、先ほど説明した投薬治療をおこないます。また、この治験では薬物の体内動態を調べますので、第二相や第三相試験に比べて採血の回数が多いのが特徴です。とくにさいしょの投薬後は十五分、三十分、一時間、二時間とあって、その後もご覧の様に間隔をあけながら計八回の採血をします。その後はウォッシュアウト期間を含めて一日三回の採血をして、治験薬が入れ替わる二度目の投与開始日にはまた八回の採血をおこないます』

というかなりハードな治験スケジュールを、八島は文書の中の図表を示しながら説明したのだった。


今、医師の診察を終えて、坊咲たちは診察室の外に置かれた長テーブルの前に一列に並んでいた。テーブルの上には人数分の水の入った紙コップが置かれている。

いよいよ第一回目の投薬。

八島が治験薬の箱が積まれたワゴンカートを押して被験者たちを回る。箱の数は被験者の数と同じ十個。箱の側面には被験者ごとの番号が記されていて、中のヒートシールには1から12までの番号がついている。この数字の順に一日一錠、飲んでいくのだ。

八島は被験者の前に来ると、「A－1番の小島和明《こじまかずあき》さんでまちがいないですね」と確認して、箱から出したヒートシールから1番の錠剤を取り出して手渡した。白い楕円形のなんの変哲もない錠剤。

全員に錠剤が渡ると、八島はストップウォッチ付きの腕時計を手にした。

「A－1とA－6の方はお薬を飲んでください」

全員が一斉にではなく、採血にかかる時間を考慮してか、一分の時間差を置く。

次々と被験者が服用する中、坊咲もいつでも飲めるように準備する。順番からいうと最後から二番目だ。

「A－4とA－9の方、飲んでください」

八島の声で、坊咲は白い錠剤を口に入れ、紙コップの水でいっきに飲み込んだ。とくに匂いも味も感じない。なんの違和感もなく薬は喉を通った。ほかの被験者たちもとくにリアクションはなかったので同じような感覚なのだろう。

全員が飲み終えると、しばらく待機の時間が訪れる。すでに深田と今宮が部屋のわきで細長いテーブルの上に、注射器や採血管などの道具を準備して待ち構えている。

十五分後の初回の採血を待つ間に、なんだか喉が渇いてきた。それだけ緊張しているのだろうか。ジュースを飲みたかったが、もちろん、採血が終わるまでそれはできない。

時間を計っていた八島がやがて、

「では、みなさんこちらへ」

と採血のテーブルの前に並ぶよう指示する。Ａ－１とＡ－６を先頭に二列に並んで待つ。

「採血してください」

八島の合図でふたりの治験コーディネーターは、手早く被験者たちの腕にチューブを巻き注射針を刺す。Ａ－１とＡ－６の被験者は神妙な面持ちで身をゆだねている。

さいしょの被験者たちが採血を終えると、Ａ－２の被験者とＡ－７の亜館の番だ。深田に腕を取られた亜館は、「ひゃっ、ひゃっ」と声をあげた。さらに注射針が近づくと、

「苦手なんだよねえ。こういうの」

あきらめ悪く、身をよじって腕を引っ込めようとする。

「時間が限られているのでご協力お願いします」

と言いながら八島は、なぜかおかしそうに笑った。深田と今宮も笑いをこらえるように口を固く結んでいる。亜館はばつが悪そうな顔をして抵抗をあきらめた。

そんなに採血が嫌だったら、なぜ治験に参加したのだろう。坊咲はなかばあきれながら、注射針が刺さるとまた「ひっ」と声をあげた亜館を見やった。

一回目の採血が終わると、十五分後にすぐ採血、またさらに三十分後に採血があり、そのあとも一時間後、二時間後と採血が続く。留置針を使用するため新たな針刺しもなく、その後は亜館も無駄に騒ぐことはなかった。

採血のタイミングは八島がしっかりとストップウォッチ付きの腕時計で管理して、厳格におこなわれた。その間、坊咲たち被験者は病室から出ることも許されず、実験動物のようにひたすら血を抜かれる。

ただ、一回ごとの採血量はそれほど多くもなく、八島が「気分が悪くなったりしてませんか」と何度となく確認したが、不調を訴える者はなかった。

二

治験初日はいつも緊張する。ことに今回のSU－480は、国内外の注目の的となっている治験だ。失敗は許されない。

昨日は病院長と事務長がそろって治験管理室に顔を出して、『プロトコール違反など出さないよう、しっかり気を引き締めておこなうように』と訓示を垂れた。

八島優里が治験コーディネーター（CRC）として市西総合病院に勤務してまもなく二年になるが、病院長と事務長の姿を治験管理室で目にしたのはこれがはじめてである。

気の弱い室長の黒井和磨《くろいかずま》は真っ青になり、ふたりを最敬礼で見送ったあと、

『治験薬は適切に管理されているのか』

『治験手順はしっかり頭に入っているか』

『被験者たちは時間どおり来院するのか。確認の電話を入れておいた方がいいのではないか』

と小うるさく八島につきまとい、業務を妨げてくれた。

今朝も八島や深田たちのデスクの周りを意味もなくうろちょろして、いたずらに緊張感を高めている。

知る人はほとんどいないが、八島にとってもＳＵ－４８０は特別な意味を持つ治験薬だ。黒井に言われるまでもなく、あらゆる事態を想定して準備を進めてきた。失敗できないという思いは、ほかのだれよりも強い。

八島と治験とのかかわりは、会社員時代から数えて十年近くになる。ただ、第一相試験にはこれまで縁がなかった。通常、第一相試験は専門のクリニックなどでおこなわれることが多く、市西総合病院としてもはじめての実施となる。短時間で正確に採血をおこなう手順、複数の被験者に正しい番号の治験薬を渡して服用させる段取りなどを、ほかのＣＲＣたちと何度も確認した。

（そろそろ）

腕時計を確認する。被験者たちがあらわれる時刻だ。

八島は自分のデスク上に置かれた《アレルギー性鼻炎患者を対象としたＳＵ－４８０製剤の二重盲検クロスオーバー試験》の治験実施計画書を手に取って立ち上がった。

「いよいよだね。症例ファイルは全員分そろっている？　検査キットの準備も大丈夫？」

黒井が声をかけてくる。このあと黒井は病院内のミーティングに出席するため、ＳＵ－４８０にはかかわれない。それでよけいに気がかりなのだろう。

「ご心配なく」

軽くいなして、深田と今宮とともに向かいの会議室へと避難した。

「黒タン、今朝も粘着してきたわね。優里さんに」

被験者たちの椅子を整えながら深田が言った。

「それだけ今回の治験が心配なのよ。変に注目を浴びてるから」

八島が答えると、今宮が深田と目配せをして、

「それだけじゃないと思いますよ、黒タンが優里さんを見る目は、妙にぎらついてますから」

と笑いあった。

ふたりは看護師でCRC業務に就いて半年ほど。深田は三十代後半、今宮は二十代で、ともに好奇心が旺盛。なかなかに勘も鋭い。

黒井はメガネの薄毛の小男で四十過ぎの独身男だ。趣味は昆虫採集とプラモデル作り、という情報を聞かされたのは昨年の八島の歓迎会の席。ぽつんとひとり離れて座っていた黒井にうっかり声をかけたのが運の尽き。えんえんと長野県への昆虫採集旅行の話に付き合わされた。興味など微塵《みじん》もなかったが、新入りなので形ばかり熱心に耳を傾けていたところ、『いやぁ、なんだか、八島さんとはとっても相性がよさそうだ。不思議な縁を感じるなあ』と、ねっとりとした視線を絡みつかせてきたので鳥肌が立った。

以来、なにかと八島にまとわりついて、その下心が同僚たちにも見透かされ、からかいのネタにされているわけだが、悪いことばかりではない。直属上司の黒井に目をかけられていれば、様々な恩恵も期待できる。それは今の八島には重要なことだった。

「黒タンのことはもういいから。今日の治験、失敗のないよう、気を引き締めていきましょう」

八島はそう言って、間もなくやってくる被験者たちを迎えるため、廊下に出た。

被験者たち十人は全員予定の時間までにあらわれ、事前説明、病室への誘導、診察と滞りなく進んだ。

治験は、診療や医学的判断をおこなう治験責任医師と治験分担医師、補助的な業務を担うCRCの分業で進められる。ただ、担当する医師たちはその疾患領域の専門家だが、治験そのものに精通しているとは限らない。

治験では通常の診療ではおこなわない検査や採血、採尿などを決まったタイミングで実施するよう治験実施計画書に定められていて、時間が大きくくずれたり欠測したりすると、薬剤の効果や安全性にかかわる重要なデータが失われてしまう。そういうミスが出ないよう目を光らせるのも、CRCの責務だ。院長が『プロトコール違反など出さないよう』と釘を刺したのも、治験におけるCRCの重要性を認識しているからこそだろう。

今回の試験は第一相と第二相のハイブリッド試験という珍しい形式のため、日ごろ八島たちが実施している治験に比べても採血、採尿の回数が多く、時間の縛りもシビアだ。また入院での治験をおこなうのは八島にとって久しぶりとなる。スムーズに進めるには被験者たちの協力も欠かせない。

今回の被験者たちは、アレルギー性鼻炎の患者十名。すべて男性で、年齢は上が五十七歳、下が二十二歳。どことなくみな、黒タン風味を濃厚に漂わせているように感じるのは気のせいか。それでも八島の指示におとなしく従ってくれるし、比較的年齢層が若いため、説明の理解度もまずまずのようだ。

医師による被験者全員の診察を終え、治験薬の第一回目投与も無事終わった。投与十五分後の一回目の採血も、深田と今宮が準備万端整えて待機している。

「では、みなさんこちらへ」

被験者を投与順に並ばせる。にらめっこしていた時計の針が予定の時刻に近づくと、

「採血してください」

八島の指示で深田と今宮がさいしょの被験者たちの腕に注射針を刺す。

アクシデントは次の被験者で起きた。A－7の亜館健三郎が「ひゃっ、ひゃっ」と奇声をあげ、さらに「苦手なんだよねえ。こういうの」と腕を取られまいと抵抗したのだ。

「時間が限られているのでご協力お願いします」

思わず笑いながら八島は注意する。深田と今宮も必死に笑いをこらえながら採血を続けている。

亜館はスクリーニングの採血のときも八島を手こずらせた。そのため事前の採血のシミュレーションで、同じ状況を想定した訓練をおこなった。そのとき患者役をした八島自身の少し大げさな科白《せりふ》と身振りが今の亜館とそっくりだったので、笑ってしまったのだ。しかし、結果、亜館がおとなしく採血に応じたので、訓練は無駄ではなかったといえよう。

被験者たちは十三日間、同じ空間で生活をともにする。集団生活を乱す人物がいたら厄介だ。もしかすると、亜館の存在は危険因子となりうるかもしれない。いかにも変人じみた風体、言動。そ

れだけで偏見を抱くのはよくないかもしれないが、治験を成功させるためには細心の注意も必要である。

さりげなく観察すると、亜館は同室のＡ－８の斎田やＡ－９の坊咲と親しく言葉を交わしている。社交性はあるようだ。

その後は混乱もなく、三十分後、一時間後と各回の採血がプロトコールどおりにおこなわれた。

「次の採血までは時間がありますので、みなさん、ゆっくりお過ごしください」

八島はそう告げて、深田たちといったん病室を出た。


「八島さん、たしか今日からでしたよね、ＳＵ－４８０」

治験管理室へと戻る廊下で声をかけてきたのは佐伯祐司《さえきゆうじ》だった。

佐伯は四十二歳の独身、そのまま医療ドラマに出演しても違和感のない清潔な二枚目、うっとりするようなバリトンボイス、かつ長身。理想の医師像を体現したような耳鼻科部長である。

「はい、今、ちょうど投薬と採血をしてきたところです」

答えながら八島は動悸の高まりを覚える。

「あとで、ちょっと覗いてみようかな。あっ、かかわっちゃいけないんだったかな」

「いえ、治験に関する医療行為をしなければ大丈夫です。もし、お時間があれば、ぜひ、見に来てください」

声が弾んでいるのが自分でも分かる。

「ああ、それじゃ、また夕方にでも」

と手をあげて去る佐伯の後ろ姿に、八島は頭を下げた。横で深田が興味津々の視線を向けている。

来週、佐伯とデートを約束していると知れば、どんな顔をするだろう。

「佐伯先生には今回の治験に入ってもらいたかったわよねえ」

深田が探りを入れてきた。八島の反応から、佐伯との親密度を測るつもりなのだろう。

「そうですね」

そっけない八島に、

「だって、佐伯先生、アメリカでSU－480の治験に携わってこられたんでしょう。責任医師の資格は充分よ」

深田がしつこく食い下がる。

佐伯祐司はひと月前までアメリカのメリーランド州にあるJ病院に籍を置き、日本より二か月先行して実施されたSU－480の治験にも関与していた。現在は市西総合病院の耳鼻科部長と遺伝子医学研究所の主任研究員を兼務している。

耳鼻科部長だけでも激務なのに、政府が重点的に支援する遺伝子医学研究所でも、小分子RNAの機能解明から創薬応用への研究をおこなっている。むしろこの研究開発こそが佐伯の本分ともいえよう。佐伯たちのグループが開発した核酸合成技術は世界的にも注目され、ここから次世代の画期的新薬が続々と生まれるであろうとの期待も高まっているのだ。

「診療も担当され、研究もお忙しいのだから、治験なんかにとても手が回らないわよ」

これ以上佐伯の話題に深入りしたくない八島は断ち切るように言った。

八島は治験管理室に戻り、ＳＵ－４８０の投与のために持参した症例ファイルを、手提げ袋から取り出した。

症例ファイルは被験者ごとに一冊あり、治験期間中におこなわなければならない投与や診察、検査の結果などを、書き込めるようになっている。

被験者の治験参加同意日からスクリーニング検査日、投与開始から終了日まで、実施必須の項目が各日一ページにまとめられ、クリアファイルに入っている。治験期間中の検査や採血は、日ごとに微妙に回数や内容が変わったりするのだが、この症例ファイルどおりに実施して記入を埋めれば間違えることはない。また記載部分はシールになっており、そのままカルテに貼れるため、転記ミスなども起きない配慮がされている。

記入もれがないかざっと見直しながら、一冊ずつデスク横のファイルワゴンに戻していると、ひらりと紙が舞って床に落ちた。メモ用紙のようなベージュ色の紙片だ。なにか書いてある。

拾い上げて文字に目を走らせる。

ＳＵ－４８０治験は呪われている。必ず失敗する

いたずらか。にしては手が込んでいて悪質だ。文字は印字され、筆跡は分からない。

そっと周辺に目を配る。深田は採血に使用した機材の片づけをしていた。今宮は採血したサンプルを検査室へ運んでいて不在。ほかの治験のCRCたちは自分たちのデスクで資料を読んだり、カルテの整理などをしている。黒井をはじめ不在の者も多い。

紙片を握りしめて、汚物のように屑籠に投げ捨てる。しかし、思い直して屑籠から取り出し、手のひらでしわを伸ばしながら広げる。

紙片は症例ファイルに挟まれていた。いつ入れられたのか。治験管理室に戻ってからは、八島以外だれも症例ファイルに近づいていない。

とすれば、先ほどの投与時だろうか。あの場にいたのは、八島たち三人のCRCと治験責任医師の榊原《さかきばら》と被験者たち。

バタバタしていたので、診察室の隅のテーブルに積んであった症例ファイルに接触するのは容易だったろう。容疑者はあの場にいた者たちか。

いや、よく考えてみれば、その前にずっと症例ファイルは八島のデスク横のファイルワゴンに置きっぱなしになっていた。かなり前に細工をされ、たまたま先ほど落ちたとすれば、容疑者の範囲はずっと広がる。治験管理室にいる者全員が対象となろう。さらに言えば、治験管理室は日中施錠されていないので、部外者でも侵入できる。ただまったく無人の時間はほとんどないため、じっさいに部外者が侵入して症例ファイルに細工したとは考えづらいが、可能性としては皆無ではない。

つまり紙片を仕込んだ人物の特定は困難ということだ。

(そもそも)

このメッセージはなにを意図しているのだ。ＳＵ－４８０治験が呪われているとはどういうことなのか。

動揺が鎮まらないうちに、ミーティングから戻ってきた黒井が、

「今、ＳＵ－４８０の被験者さんたちのところへ寄ってきたんだけど、初日の投与、ぶじに終わったみたいだね」

と言いながら八島の背後にすり寄ってきた。

あわてて紙片を握りしめて立ち上がる。なにかを取りに行くふりをしようとするが、なにも取るものを思いつかず、うろうろ動き回る。斜め前のデスクの深田が笑いをかみ殺している。

しばらく書類棚の前で探し物をしているふりをしていると、黒井が不可解そうな顔をしながらデスクについた。

八島も小芝居をやめて自席に戻ると、すぐに黒井の大声が響いた。

「なんだ、これは」

全員の目が黒井に注がれるが、席を立って近づく者はいない。なんでも大げさに騒ぎ立てる癖のある黒井を熟知しているからだ。騒いだあと、何事もなくケロッとしていることがままある。

しかし、黒井は深刻な顔をくずさず、「ちょっと」と八島と深田を手招きした。

深田と顔を見合わせ、しかたなく黒井のデスクの前へ進むと、

「これ」

声をひそめて黒井がデスクの上の紙片を指した。

ＳＵ－４８０治験は呪われている。必ず失敗する

八島の手にある紙片とまったく同じ。印刷してそれぞれ仕込んだのだろう。

深田がなにか言おうとするのを、黒井は手を突き出して制止し、

「騒がないで。僕もさっきは思わず声を出しちゃったけど」

「これ、どこにあったんですか」

深田が声を抑えて尋ねた。

「分からないんだ。今、戻ってきて、デスクにこれを置こうとしたとき、落ちたようにも見えたんだけど」

黒井は、いつも持ち歩き、細々したことをメモしているノートを示して言った。

「きっと、いたずらでしょ」

深田が決めつけるように言った。

「そうだろうけど、いったいだれが」

黒井が首をひねり、その直後、はっとしたような表情を見せて、

「さっき、ＳＵの被験者たちのところへ寄ったとき、このノートを病室に置いたままトイレに行ったんだ。その隙に紙片を挟み込まれたのかもしれない。いや、きっとそうだ」

今にも被験者たちの病室に取って返して、尋問でもはじめそうな勢いで立ち上がった。

「ちょっと」深田があわてたような声で、「いきなり被験者さんたちを犯人扱いしないでください。そのノートをほかでも置きっぱなしにしたことあるでしょ。その紙っぺらがいつ入ったかなんて決めつけられないじゃないですか」

そう指摘され、黒井も少し落ち着きを取りもどしたようだが、それでもなお完全には納得できないのか、

「でも、ＳＵとわざわざ断っているんだから、やっぱり被験者があやしいよ」

「だとしても、いきなり疑ってかかるのはまずいです。わたしの方からそれとなく聞いてみますから、黒井さんは動かないでください、いいですね」

深田に念を押され、黒井は渋々うなずいた。


紙片のことは気になったが、自分は動かない方がいいだろうとの思いもあり、深田に対応を任せた。

病室へ行った深田は、被験者たちと話をして帰ってきた。

治験管理室のミーティングスペースに、黒井と八島たち三人のＣＲＣが集まった。

「全員と話をしましたけど、とくに怪しい感じはありませんでしたよ」

深田は、黒井がノートをなくし、病室に忘れたかもしれないと、被験者たち一人ひとりに尋ねて回ったという。

「挟んであった紙片のことにもそれとなく触れましたけど、とくに反応はなかったです」

黒井も時間をおいて少し冷静になったのか、

「この件については、とりあえずこのまま様子を見よう。単発のいたずらで終わるのなら大騒ぎすることもない。もし今後も同じようなことが続くとなれば、上に報告して対応を協議する」

と結論づけた。

八島たちも同意して仕事に戻った。

「でも、いたずらにしても、だれかがこの治験の邪魔をしようとしてるのは確かですよね。なんだか気味が悪い」

今宮が小声でささやきかけてきた。

もうこの件には触れたくなかったが、あまり無関心だと思われるのもよくないので、

「ええ、そうね」

と適当に相づちを打つ。

ふだんならいちばんこういう話題に乗りそうな深田が、

「黒タンが言ってたでしょ。今は大騒ぎすることないって。目の前の仕事に集中しなさい」

とたしなめると、

「はぁーい」

今宮が気のない返事をした。

被験者たちの次の採血まで、まだ二時間半ある。八島は自分のデスクでSU－480の次に予定されている治験の同意説明文書案に目を通した。

同意説明文書は、被験者に治験の概要を説明し、参加の同意を取るツールである。治験全般についての解説から、その治験薬についての説明、治験スケジュールや参加するメリットとデメリットなどが医学の素人にも理解できるよう平易な文章とイラストでつづられている。

治験実施病院ごとに治験責任医師が作成する建前になっているが、八島の経験上、医師が同意説明文書の作成に深くかかわったことはない。治験を依頼する製薬会社側が原案をもとに、実施病院の作成基準に照らして変更するのが常であった。

八島も製薬会社時代には、実施病院のテンプレートに合わせて同意説明文書を作成したものだ。今は製薬会社の担当者がメールで送ってきた市西総合病院バージョンの同意説明文書案に不備がないかチェックをしている。

ひと通り確認を終えて、電話で製薬会社の担当者と修正箇所を話し合ったあと、時計を見ると次の採血までまだ一時間近く余裕がある。

ちょっと早いが被験者たちの様子を見に行こうか迷っていると、デスクの電話が鳴った。

「八島さん、今資料が届いたんだけど、顔出せます？」

事務の木村比呂美《きむらひろみ》だった。

「ええ、ちょうど手が空いたところ」

八島は席を立ち、一階の事務室へ向かった。

一階の事務室は総合受付の奥に広いスペースを確保している。課ごとに四つないし六つからなるデスクの島があり、島ごとの間隔もゆったりとしていた。

八島の仕事場の治験管理室が現在、空調設備の改修工事中のためきわめて手狭で、デスクの周りは治験審査委員会（ＩＲＢ）に提出するファイルや、症例ファイル、検査キットなどが詰め込まれた段ボール箱で足の踏み場もないのとは大違いだ。

ところが、きれいに整理された木村のデスクにその姿がない。きょろきょろしていると、

「こっち、こっち」

木村が部屋の隅のパーテーションの向こうから手招きした。

「ここが準備委員会の会議室」

パーテーションに囲まれた狭いスペースに長方形のテーブルとパイプ椅子が並び、床に置かれた口の開いた段ボール箱から紅霊祭の資料とパンフレットが覗いている。

「すごい量。これ全部、目を通すの」

目を見張る八島に、木村が首をふって、

「祭りの資料がすべて送られてきたんだけど、うちがかかわるのはこっち」

と言って、テーブルの上の書類の束を指した。

毎年秋に開催される紅霊祭には、全国から五十万人の観光客が訪れる。古くは鎌倉時代からこの地域の秋の収穫祭として細々と続いてきたものが、一九六〇年代後半に中総市主催のイベントとなり徐々に全国にその名が知られるようになった。九〇年代にはじまった祭りの目玉のひとつ、女神コンテストも江戸時代から語り継がれる伝説に基づいたものだという。

祭りのメインは中総駅前から延びる大通りでおこなわれる神輿《みこし》行列だが、女神コンテストもその優勝者から過去に人気アイドルや女優が輩出されたこともあり、注目度が高い。

女神コンテストは例年、市の文化センターで開催されていたが、昨年末、築二十五年の建物が耐震基準を満たしていないと判明し、今年は市西総合病院の敷地内の大広場を会場にすることとなった。そこで病院職員の中から紅霊祭準備委員会のサポートチームが組織され、八島もその一員に加わったのである。

先日、市役所内で、市職員やボランティアを交えた準備委員会の第一回会合があり、八島も木村とともに出席した。

そこで女神コンテストの開催に向けて、会場レイアウトの決定、アルバイトスタッフや必要な機材の手配など、無数の作業の説明を受けた。ただ、多くは市が契約しているイベント会社が代行するため、八島たち病院スタッフは確認や連絡係をすればいいことも分かり、ほっとした。

「これがいちばんの大仕事ね」

八島はテーブルの上の書類をパンパンと叩いた。女神コンテスト参加者の応募書類だ。木村がうなずき、

「さいしょは三千通あったんだって。とりあえずイベント会社の方で三百まで絞ってくれた」

第一次選考で十分の一に減った候補者を、さらにスリムに五十人にするのが八島たちの役目。そのあと準備委員会の幹部たちが本選へ進む二十人を厳選する。コンテスト当日、本選の審査員を務めるのは市長のほか市出身の文化人や芸能人など。そこで見事ミス女神を射止めたラッキーガール

は一年間、市の観光大使として様々なイベントに参加して脚光を浴びる。

「将来の大スターがここから生まれるかもしれないんだから、責任重大ね」

と八島は笑う。

じつのところ女神コンテストという催しに複雑な感情を持っているのだが、それは面《おもて》には出さない。あまり気にせず、神経を使う業務が連続する合間のちょっとした息抜きと考えよう。

椅子に座り、木村がより分けた書類の山に手を伸ばしたところで、パーテーションの向こうから人が近づいて、顔を覗かせた。

「CRCの八島さんいます？」

「はい」

「治験管理室から今電話があって。病棟でなにかあったようですよ」

三

立て続けにおこなわれた採血がひと区切りついて坊咲たちは病室に戻された。

しばらくしてCRCの上司にあたる黒井という男が顔を出し、少しだけ話をして立ち去った。そのあと深田があらわれて黒井のノートを探していると坊咲たちに断りを入れ、各部屋の中を見て回ったが、なにも見つからなかったようだ。

「大切なノートなんですか」

坊咲が尋ねると、

「いえ、ノート自体はたいしたものじゃないと思います。ただ重要なメモが挟んであったみたいで」

と深田は言葉を濁して部屋を出たが、ちょうど売店かどこかから帰ってきた村上の腕をつかんで話をしている。

「じつに興味深い」

亜館は廊下にたたずむ深田と村上の後ろ姿を見ながらつぶやいた。

「なにがです?」

坊咲の質問に、亜館は答えず、

「ちょっと島内を散策しないかい」

坊咲と斎田を誘った。次の採血までまだ二時間以上ある。

「まずいだろ」

斎田が眉をひそめた。

治験初日である今日と薬剤が入れ替わる八日目は、採血や診察のスケジュールが立て込んでいるため、病棟から出ないよう、きつく念を押されていた。

「頭が固いねえ、ふたりとも」

「まあ、島巡りは明日にでもゆっくりすることにして、娯楽室に行ってみませんか?」

ちょうど喉が渇いていた坊咲の提案に、斎田と村上が同意し、亜館とその場にいたほかふたりの若い被験者もつられるように娯楽室へ移った。

娯楽室は病室から廊下を数メートル行った先にある。特別の仕切りなどはないが、一般の入院患者は入ってこず、十人の被験者だけが使用できる場所として用意されたものだ。

広い開放空間に、座り心地のよさそうなソファが置かれ、将棋やチェス、ボードゲーム、トランプなどができるテーブルも用意されている。壁際のサイドテーブルにはコーヒーやウーロン茶、オレンジジュースなどのドリンクサーバーがあって飲み放題だ。その横のラックにはマンガ雑誌や週刊誌の最新号が並び、大型の液晶テレビもあり、時間をつぶすのに苦労する心配はなさそうである。ただ、空調設備の修理工事中とのことで、前の廊下がややうるさいのが難点であった。

坊咲たちは飲み物を手に、ソファに腰を下ろして自己紹介をしあった。まだ言葉を交わしていなかったふたりは、新貝卓《しんかいすぐる》と影山芳文《かげやまよしふみ》と名乗り、ともに大学生とのことだ。

保険代理店の村上が、

「学生さんなら、治験のアルバイトで稼ぐつもりなの?」

と尋ねると、新貝と影山は首をふって、

「いえ、そうじゃありません。さっきふたりで話したんですけど――」

ふたりは初対面だがともに薬学系の学生で、今回の治験薬の新奇性に興味をひかれ参加を決めたのだという。

「へえ、意識高いねえ」斎田が感心したのか、馬鹿にしているのか分からない声をあげ、「おれは次の仕事までのねぐら確保で参加したんだけど、もう少し謝礼をはずんでくれてもいいよなあ」

通常の第一相試験の場合、未知の物質を投与される健常者にリスクはあってもメリットはないので、負担軽減費という謝礼金が高く設定される。しかし、今回は第一相と第二相のハイブリッドなので、長期間拘束される割には負担軽減費はさほど高くないのだ。

「ふつうの第一相試験じゃなく、今回は僕たちにも治療効果が得られるかもしれないというメリットがありますからね」

大学生の言葉に、斎田は不満そうに鼻を鳴らして、

「ふん、そうは言っても治療薬が投与されるのはたった六日間だけだし、実験動物みたいなもんだよ、おれたちは」

「嫌になったらいつでもやめられるんですし、そこは割り切って考えた方がいいんじゃありませんか」

坊咲がなだめるように言うと、斎田も苦笑して、

「まあ、そうだな。薬飲んで血抜かれるだけで、寝床と三食が保証されるんだから、贅沢は言えないか」

「そうですよ。それにこの島だって有名な観光地ですから、見物できるのも大きなメリットじゃありませんか」

「おれがこれまで見てきた世界各地の名所の足元にも及ばないけどな」

世界三十カ国以上を巡ってきたという斎田の自慢に、亜館はなにか刺激を受けたように身を乗り出して、

「ほう、世界中を知っているような口ぶりだけど、君はこの島の歴史についての知識はあるのかい」

「この島の歴史？　じつはおれはこの辺の出身だから、けっこうくわしいぜ。ただ、おくまの女神伝説や怪物伝説、それに乗っかった女神コンテストや怪物フェアには吐き気がするな。ああいう安っぽい商業主義は歴史に対する冒とくだ」

「でも、そのためにこの治験島も有名になり、中総市も豊かになった側面もあるんだから、そんなに目の敵にすることもないでしょ」

「それにしたって女神コンテストはくだらん。そういや、大昔のミス女神の君島《きみじま》みどり、ブラジルにもファンがいて消息を聞かれたよ」

かつてミス女神を射止めた君島みどりは、その後、『春の花火』という恋愛映画でいきなり主演に抜擢され、芸能界デビューを果たした。『春の花火』は海外の有名な映画祭で賞を取って大ヒットし、君島みどりは順調にスターの階段を上っていくと思われたが、なぜかそれきり表舞台から姿を消した。精神疾患を患ったとか、海外に移住したとか、噂は聞こえてくるが、真相は藪《やぶ》の中だ。本人がマスコミに登場することもない。今では週刊誌などでその行方が取りざたされる元有名人のひとりである。

「女神伝説だって江戸中期の発祥だから立派な歴史だよ。さらにこの治験島、もとい西ヶ島の歴史はそれよりずっと古くから続いている。はっきりと古文書にその名が見えるのは平安の終わりころらしい」

と亜館は治験島の歴史に関する蘊蓄《うんちく》を語りはじめた。

西ヶ島は本土から半里と離れていない島であるが、その独特の海底地形が複雑な潮流を生み、古くから渡島が困難な海の難所として知られていた。また、耕作に適さない地質で水の便も悪く、定住者がいない無人島の時代が長かった。

古文書を紐解くと、鎌倉時代に罪人を流したとの記録がある。室町時代のころから疫病者や病死者がこの島に捨てられるようになったという。

小田原の北条氏が豊臣秀吉に滅ぼされ、代わりに徳川家康が関東に移封されると、西ヶ島を含むこの地域は、徳川譜代大名の領地となった。江戸時代に入り松平姓を賜った大名家が引き続きこの地を治め、老中などの幕閣を輩出する名家として繁栄した。

三代将軍家光の時代、当主であった松平光盛《みつもり》は国許で病に倒れ死の床についた。すぐに報せは江戸へ届き、家光の耳にも入った。世子の盛次《もりつぐ》は家光の小姓を務める寵臣であったため、家光の格別の計らいで国許への見舞いが許された。

江戸からの早船で初の国入りをした盛次は、港で西ヶ島へ向かう者たちの姿に目を奪われた。ひどく貧しいなりをしていたからである。

『あれなるはいったい何者か』

盛次が質すと、出迎えの国家老は恐縮し、

『はっ、とんだお目汚しを。かの者どもは島送りの罪人と疫病人にございます』

若君の御座船と不浄船が鉢合わせしたのは、急の帰国であったとはいえ、国許を預かる家老の失態である。しかし、盛次はそこには頓着せず、矢継ぎ早に問いを発した。

『あの者たちは島でいかに暮らしているのか。扶持《ふち》は与えておるのか』

『いえ、さようなものは与えておりませぬ』

病人と罪人は島に自生するわずかな雑穀や海藻などを食し、半年とせずにみな死んでいく。島に船はなく、泳いで島抜けしようとする者たちは潮流に飲まれて溺死する。

説明を聞いた盛次は、

『病の者を捨て殺しにするのはあわれであろう。また罪人といえども、死一等を減じて命を助けたのならば、活計《たつき》のすべも与えるべきではないか。

あの島で罪人どもに病人の世話をさせ、また薬草なども育てさせ、その働きに対して相応の扶持を与えるようにしてはどうか』

と国家老に諮《はか》った。

死の床で国家老の報告を聞いた松平光盛は涙を流して喜んだという。

『これを盛次の政《まつりごと》始めとするよう、諸事手配せよ』

こうして西ヶ島には難病人の療養所が建てられ、高地にため池が張られ、土壌改良された土地は薬草畑へと変わった。

以来、百年余りの間、西ヶ島は療養の地として栄え、島内には住人の家々や商人用の宿なども立ち並ぶようになった。

ところが宝暦（一七五一～一七六四）のころ、領内全域に疫病が蔓延《まんえん》し、多数の病人が西ヶ島に送られると、医者たちも次々と罹患《りかん》し重症化して死の島と化し、近づくのは死病に取りつかれた者たちと、送り手の水夫《かこ》だけになった。水夫たちも島に船をつけるのを嫌がり、沖で海に沈められた病人も少なくなかったと伝えられている。

領内の農家の娘おくまが、疫病の両親と弟を荷車に乗せて西ヶ島へ渡る港へやってきたのはそんなときだった。渡し船の嫌な噂を耳にしていたおくまは、船を借り受け、みずから櫂《かい》をとり、島へ渡った。

島にはわずかに生き残った二十人ほどの病人が、療養所の床で骨と皮ばかりになって苦しい息をもらしていた。

おくまは両親たちと島人たちを分け隔てなく看病し、畑仕事も炊事もして、みなの生活を支えた。疫病者たちは身動きもならず、水を飲むにも用を足すのも介助を要したため、おくまの労苦はひと通りではなかったろう。それでもおくまは愚痴ひとつもらすでもなく、女手ひとつで二十人以上の病人の面倒をみつつ、作物を実らせ、家屋の修繕までおこなった。

こうしたおくまの献身のおかげで、死病に取りつかれた者たちの顔にも少しずつ血の気が戻ってきた。

おくまが島に渡って一年近い月日が過ぎ、本土でもようやく疫病が下火となり、役人が船で島に渡ってきた。ときおり本土からも明かりや炊煙が目撃され、ひとりかふたり死にぞこないがいるだろうとの予測のもとに上陸した役人たちは、畑で鍬をふる島民たちの姿におどろいた。さらに療養所の庭先で遊ぶ子供たちの声を聞き、混乱した。神仏のご加護か、いや、妖魔のまやかしか。

ありえないことだった。本土で手厚い看病を受けた者たちでさえ、ばたばたと死んでいく疫病だ。一年ばかりもほったらかされ物流も途絶えた孤島で、これほど多くの者たちが生き延びていようとは夢想だにしていなかった。

役人たちは島民たちの話から、おくまなる女人がこの奇跡の主であることを知った。しかし、おくま自身に会うことはかなわなかった。役人たちの上陸の半月前に疫病にかかり、没していたからである。生来、頑健なおくまも過労がたたり、悪疫の最後の犠牲者になったと思われる。

こうしておくまは死んだが、おくまを祀《まつ》る祠や神社、功績をたたえる石碑などが、西ヶ島はもとより領内に数多く建てられ、おくまを女神の化身とあがめる信仰も広まった。

「ただし、おくま信仰は明治の世になっていったん廃れたんだ。江戸期に建てられた神社や石碑は現在ではほとんど残っていない。ところが昭和のはじめに『島の女神』という童話でおくまの生涯が紹介されると、同じ題名の流行歌も生まれ、一躍女神伝説と西ヶ島が全国に知られるようになった」

西ヶ島には新たにおくまの銅像と石碑が建ち、県有数の観光スポットとなった。戦後、地元の大物政治家の運動もあり、本土と島を結ぶ連絡橋が架けられると、さらに観光客が増えた。一時は島内に遊園地のような施設も作られ、大いににぎわった。

さらに昭和五十年代、全国にオカルトブームが起こると、非業の死を遂げたおくまの霊が疫病死した猛獣の死骸に取り憑《つ》いて怪物化し、次々と人を食い殺していくという、女神伝説の秘史が創作された。これが漫画化や映画化されると子供たちの間に怪物ブームが巻き起こり、怪物人形や怪物マスクなどの関連ヒット商品も生み出され、とくに怪物マスクはロングセラーとなり、現在でもパーティーグッズの定番商品となっている。

しかし、昭和の終わりごろには、遊園地などの施設は飽きられ、観光地としては斜陽化してきた。そこで元号が平成に変わるころ、本土にある老朽化した市立病院を西ヶ島へ移転する計画が持ち上がり、同時に島全体を最先端科学の拠点とする国家プロジェクトも動き出した。

紆余曲折の末、市西総合病院が平成十年に開院し、以来、十年余りを経た現在、西ヶ島は別名治験島と呼ばれるほど、最先端科学の先進地区へと生まれ変わった。国内はもとより海外からも医療技術や研究開発の視察に来る訪問団があとを絶たない。今後十年先、二十年先に治験島で開発された新薬が、世界の医薬品市場を席巻するのではないかとの期待も高まっている。

「このように西ヶ島には今に至る長い歴史が息づいている。僕らが画期的な新薬の治験に参加していることも、のちの世で大きな出来事として記憶されるかもしれないんだよ」

と亜館は話を締めくくった。

SU－480の治験がのちの世にまで記憶される云々は眉唾だが、正直、これほど亜館が島の歴史に通じているとは意外だった。歴史オタクなのだろうか。

同じことを斎田も思ったのか、

「おどろいたなあ。てっきりアイドルや美少女オタクの類だとにらんだんだけど、これほど島の歴史に造詣が深いとはね。おれも脱帽だよ。もしかして女神コンテストの追っかけが高じてこの島の歴史に興味を持ったんじゃないの」

とからかうように言うと、亜館はむっとした表情を浮かべ、

「失敬だな、君。僕がなにに興味を持とうが関係ないだろ。君こそ、この土地の出身者なら、もっと地元のイベントに敬意を払ったらどうだい」

「それこそよけいなお世話だ。おれは女神コンテストにも、それに応募してくる女にも、またそれを追っかける連中にも辟易しているのさ」

亜館と斎田のやり取りが険悪になりかけたところ、年の功で村上が仲裁に入り、

「まあ、人の好みはそれぞれですから、ここはお互いの考えを尊重しましょうよ。——坊咲さんは女神コンテストや怪物伝説とかに興味はありますか」

と突然、話をふられた。

「まあ、ないこともないですけど、どちらかと言えば僕は古い伝説より、治験島という現代的でありながらどこか不気味なイメージをまとった今のこの島や病院に惹かれますね」

雰囲気を和らげようと少しふざけた口調で坊咲が言うと、新貝か影山か見分けがつかないが、学生のひとりが呼応した。

「あっ、そうですよね。僕も一緒です。なんだかホラーっぽい印象ありますよね。治験島に閉じ込められた患者たちの間で、連続殺人事件が起こるみたいな」

もう一方の学生も、

「そうそう、治験島に足を踏み入れた者は生きては帰れな〜い、ヒュ〜ドロドロって。でもじっさい来てみたら、まったくそんな雰囲気ないですね」

と乗ってくれたので、とげとげしくにらみ合っていた亜館と斎田もようやく表情をゆるめた。この機に仲直りをさせようと、

「じゃあ――」

みんなでカードゲームをしようと坊咲が提案しかけると、

「わっ、なんだこれは」

亜館がコーヒーの入った紙コップを手にしたままのけぞった。コーヒーになにか入ったようだ。亜館は天井を指さして叫んだ。

「水だ」

たしかに空調の吹き出し口から水滴がぽたぽたと落ちている。

「あっちもですね」

学生のひとりが、サイドテーブルに近い床に広がる水たまりを指した。天井からやはり水滴が落ちている。

「空調の故障ですね」

村上が冷静に言って立ち上がり、廊下を通りかかった看護師に事態を告げた。

坊咲たちも娯楽室内にはいられず、廊下に出た。床にぽたぽたと落ちて跳ねる雫《しずく》を見た看護師が「あら大変」と走り去った。

すぐに修理の作業員があらわれるかと、廊下で待っていると、なぜか怪物マスク姿の人物が通り過ぎた。どこからあらわれたのか分からないが、白衣を着ているから病院の関係者に違いない。手

に紙袋を持ち、名札には「羽山《はやま》」とあった。

最先端の医療施設にこういう洒落っ気のある職員がいて、こういう振る舞いが許されているのは、この島全体で観光振興に力を入れているからだろう。

坊咲は好ましい思いで怪物マスクを見送ったが、

「まったく、不謹慎にもほどがある」

と斎田は舌打ちした。

しばらくして病院の職員と修理工事の責任者らしき人物があらわれて状況の確認をはじめた。そのさいちゅうに八島も駆けつけた。

坊咲たちは娯楽室と病室の間の廊下で様子をうかがっていたが、やがて八島が近づいてきて、

「すみません。どうも工事の影響らしく、すぐに直るみたいですが、しばらくの間、娯楽室の使用は中止にします。

このあと採血がありますので、とりあえずみなさんは診察室へ入ってください」

「ウノやりたかったなあ」

亜館が愚痴を言うが、だれも応じない。

診察室の前まで戻ると、男の姿があった。治験担当とは別人だが、この男も医者だろう。長身で整った顔立ち。四十は過ぎているようだが、肌艶もよく豊富な頭髪は短くカットされ、センスと清潔感がある。坊咲や亜館たちとは対極にある人物と見た。

「佐伯先生、早速いらしてくださったんですね」

話しかける八島の声のトーンがやや高く感じられた。

「ああ、ちょっと時間ができたんで。なにか問題でもあったの」

佐伯と呼ばれた二枚目医師は、作業員が出入りしはじめた娯楽室の方に目を向けて言った。

「被験者さんたちの娯楽室で空調設備の故障です。治験の実施には問題ありません。これから採血ですけど、佐伯先生、見学されます？」

「そのつもりで寄ったんだけど、あいにく研究室から呼ばれちゃって、残念だけど失礼するよ」

佐伯は片手をあげて立ち去りかけたが、ふと視線を上方へ固定させ、表情をこわばらせた。なにかにびっくりしたような顔だ。

廊下まで水もれかと、坊咲は佐伯の視線を追って天井を見たが異常はない。亜館や斎田たちも戸惑ったような顔をしている。

「なにか？」

八島も佐伯の様子をいぶかしく思ったのだろう。問い質したが、

「いえ」

と佐伯は首をふり、いったんためらったあと、足早に去っていった。

四

治験は、さまざまな事態を想定し、周到な準備のもとに実施されるが、突発的な出来事により振

り回されることも珍しくない。

検査機器の不具合、保冷庫の故障、検体やデータの紛失など、すべて八島自身が過去の治験で経験した苦い思い出だ。

それらに比べれば今回の娯楽室での水もれなど、小さなアクシデントにすぎない。

工事責任者から、早急に復旧できるとの見通しを聞き、一時的に娯楽室を封鎖して、被験者たちを診察室へ移動させた。

あと二回採血をすれば、今日の業務は終了。

その診察室の前で、

「佐伯先生、早速いらしてくださったんですね」

佐伯に会えたのはうれしい誤算だ。急な呼び出しがかかって、治験には立ちあってもらえなかったが、興味を持っていることが分かっただけでも収穫である。

被験者たちの採血も滞りなく終えると、八島はぺこりとお辞儀をして、

「お疲れさまでした。あと一回の採血で今日の予定はすべて終了となります。最後の採血は二時間後になりますので、院内から出ないでお待ちください」

と告げたあと、手持ちのファイルから《ゲノム検査の同意書》と書かれた書類を取り出して被験者たちに配った。十人全員の手に渡ったことを確認して続ける。

「これは今回の治験をしているハリスン製薬さんからの依頼です。文中にも説明がありますが、ゲノム検査というのは、ＤＮＡなどの遺伝子情報を調べるものです。さまざまな病気の原因となる遺

伝子情報を研究して、新しい薬や治療法を見つけるために利用するそうです。もちろん、個人情報の流出がないよう、万全の手立てを講じています。また、ゲノム検査にはみなさんの血液を使わせていただきますが、治験で採取したものを使用するので、このための新たな採血は必要ありません。また、ゲノム検査は任意のもので、今回のSU‐480の治験とは直接関係ありませんので、検査を望まないのでしたら『同意しない』のところにチェックを入れてください。ゲノム検査に同意しなくても、今回の治験で不利に扱われるようなことは一切ありませんのでご安心ください」

同意書に無言で目を通している被験者たちに、八島は「この同意書は治験最終日までに提出していただければ結構ですから、ゆっくり考えてください」と声をかける。

八島が製薬会社で働いていたころは、ゲノム検査の依頼など話題にも上らなかった。それだけ目まぐるしく時代が変化しているということだろう。

同意書の期限は最終日と言ったが、ほとんどの被験者たちはすぐに同意するにチェックを入れサインをして八島に提出した。

ただ、亜館と斎田のふたりだけは、ずっと同意書を読みふけっている。

やがて顔をあげた斎田が質問を発した。

「これって、製薬会社におれの個人情報を知られてしまうってことなんじゃやないかな」

「個人名は特定されないようにするそうなのでその点は心配ありません」

と八島が答えると、亜館が斎田を揶揄《やゆ》するように、

「遺伝子情報を知られたらなにかまずいことでもあるのかい」

「ないよ。ただ、個人情報をみだりに外へ出さないのは現代人の常識だろう。そちらこそ、サインどうするの」

斎田に問われた亜館は、

「そうだなあ、別にしてもいいいんだけどさ」

と言いつつ、ボールペンを左右に転がして煮え切らない。

「まだ、十日以上ありますから、納得がいくまでじっくり考えてください」

八島はそう言って診察室を出た。


今日最後の採血まであと四十分弱。治験管理室前の廊下で意外な人物の姿が目に飛び込み、八島の胸の鼓動が高まった。

節電のために蛍光灯の数を半分に減らした薄暗い廊下には、スーツを着たふたりの男の姿があった。ひとりはハリスン製薬の治験担当者の添島拓二《そえじまたくじ》。

添島とは、SU－480の市西総合病院での治験実施申請から今日までおよそ三か月間、一緒になって治験立ち上げの準備作業をしてきた。手順で決められた事務的な仕事しかしない製薬会社の担当者も少なくないが、添島は被験者たちが使う娯楽室の細々した備品の手配なども請け負ってくれた。八島が礼を言うと、『上司に手を抜かずにしっかりやれって、常々言われていますから』と答えた。まだ二十代で経験は乏しいが、仕事への情熱にあふれている。

今日はたしか本社で終日会議だと聞いていたが、大事な治験開始初日なので切り上げて駆けつけたのだろう。

　というわけで添島があらわれたのは不思議ではないが、おどろいた原因はもうひとりの方。

　八島は正視できず、添島の顔に視線を固定する。添島はにっこり笑って、

「どうも、お疲れ様です。どうでした、治験初日は。なにか問題、出てませんか」

「今のところ順調ですよ」

　娯楽室の水もれの件は治験の進行には影響しない病院側の事情なので、とくに伝える必要もないだろう。

（それよりもなぜ……）

　見まいと思っても、どうにもできない謎の力が添島の背後へ視線を引き寄せる。それが添島には促していると見えたか、

「あっ、すみません。紹介が遅れまして。今日は上司と参りました」

　添島が脇に寄り、背後の男が前に進み出た。

「ＳＵ－４８０の責任者をしています。神坂《かみさか》と申します。今回の治験では大変お世話になります」

　神坂はそう言って、名刺を差し出した。

　名刺にはハリスン製薬株式会社、臨床開発部、第三開発部長、神坂行弘《ゆきひろ》とあった。

「ＣＲＣの八島です。こちらこそお世話になっています」

　と八島も自分の名刺を渡した。

　神坂は恭《うやうや》しく受け取ったあと、八島の顔をじっと見つめた。八島も目をそらさず見返した。

神坂の目じりには深いしわが刻まれていた。また、七三に分けられた頭髪にはかなり白いものが交じりはじめている。

（かなり老けた）

三年前、不倫関係にあったときと比べて。

神坂行弘とのはじめての出会い、はじめての会話がいつだったのか、八島の記憶はあいまいだ。白鳥《しらとり》製薬の入社面接の席では顔を見ていない。あとで聞くと神坂は二次面接で半分くらいの候補者と話したというが、八島は残りの半分にいたのだろう。当時、開発中だった治験薬にトラブルが発生し、最終面接には立ちあわなかったとのことだ。

新人研修を終えて臨床開発部に配属になっても、神坂が統括する部署とは異なり、直接仕事でかかわりはなかった。

新社会人として忙しい毎日を送っていく中で自然にその存在を意識するようになったが、そのころの八島にとって神坂は、単なる会社の幹部社員のひとりで雲の上の存在にすぎなかった。

間隔が急に狭まったのは、入社から数年が経ち、八島がバイオロジクス部門へ異動になったあとだ。当時、白鳥製薬のバイオ医薬品開発を担うバイオロジクス部門は、エリートの集まる部署と目されていた。そのトップである神坂は、次期臨床開発部門長と執行役員の就任を確実視される、スター的存在であった。

花形部署へ抜擢された当初、八島は天にものぼる気持ちだったが、すぐに仕事の重圧に圧《お》し潰されそうになった。新部署で八島は、まだ海外のラボで動物実験段階だったＳＵ－４８０の文献やデータを取りまとめたり、翻訳する作業にあたるチームに配属された。

白鳥製薬の将来を左右すると期待される大型製品候補の開発チームということもあり、タイムスケジュールが厳しいうえに高いクオリティも要求された。

チームでいちばん若く経験もない八島は、なんとか全体の足を引っ張らないよう、終電近くまで残業する毎日だった。

その日は、海外と国内の最新の実験データを取りまとめて一覧表を作成する作業に没頭した。ようやく完成し、オフィス内の自動販売機で缶コーヒーを買った。広いオフィスの照明は落ち、八島のデスクの明かりだけが煌々《こうこう》と輝いていた。時計を確認すると、すでに終電の時間を過ぎている。

（今夜はタクシーか）

ため息をつきデスクに戻り、丸二日がかりで作成した一覧表をアップした。そのとき、なにか違和感を覚えたが、その正体が分からないまま機械的に作業を続けた。

使用した国内データをサーバー内のフォルダーに戻し、続いて海外データも戻そうとすると、変更できないファイルなので拒絶するというメッセージが出た。一覧表作成のために加工して元のデータなどを変更しているので、これを上書きしてしまったら大変だ。疲労のためか頭が働かない。

しかし、すでに国内データは同じ手順で戻している。なぜできたのか。

はっとして国内データを開く。マウスに置いた手がわなわなと震えた。八島が加工したグラフやデータが保管されてしまっている。元のファイルは上書きされて消えている。

なぜ、加工したファイルが元のファイルと置き換わったのか。海外の実験はすでに終了してデータが完全にロックされているが、国内はまだ一部の実験が継続しているため、ロックされていない。そのため上書きが可能な状態になっているのだ。

しかし、それでも自分のPCに落とした段階でファイル名を変えているので誤って保存しても、フォルダー内に別々のふたつのファイルが存在するはずだ。だが、現実には元のファイル名しかない。

(どうして)

深呼吸をして、これまでの行動を振り返る。なにかひっかかる感覚があったはず。そう、一覧表をアップしたときだ。

祈る気持ちで一覧表のファイルを開く。

叫びだしたい衝動をなんとかこらえる。

一覧表のデータは前日のまま。つまり、今日一日の作業分のデータも更新されず、どこかへ消えてしまっている。

どうしてそうなった？　いくら考えても分からない。ただ、取り返しのつかない失敗をしたという恐怖感がパニックになって全身を震わせる。

医薬品の開発チームは、何年にもわたるマラソンをずっと全力疾走する集団だ。医療用医薬品の大型製品は年間の売り上げが数百億円にもなり、海外市場を含めると数千億円に達するものもある。上市がひと月遅れただけで数十億円、数百億円の売り上げが後ろ倒しになる。それだけでなく、その間にライバル会社が同種の製品を先に発売すれば、市場を奪われて商品価値が大幅に減じてしまうこともある。会社側も必死になって開発チームの尻を叩くわけだ。

そんな雰囲気の職場で、大切なデータを無くしました、どうもすみません、などと言ってすむはずもない。しかし、ごまかそうとしても、ごまかしとおせるものでもない。同じデータを使って作業をしている同僚が異変に気づき、八島の失敗はすぐに白日の下にさらされよう。

データの消失はSU－480の開発にどの程度の遅れを生じさせるだろうか。実験の元データ自体は、ラボに残されているはずなので、それをもらえば復旧にさほど手間はかからないかもしれない。八島の作成した一覧表も休日出勤すれば取り返せる。

そう考えて少しだけ気が楽になったが、やはり大失態であることに変わりはない。上司からも同僚からもダメ社員の烙印を押されてしまう。自分のやらかしたミスなので、なんと言われようと仕方がないが。

重たい気持ちで深夜、タクシーに乗ってアパートへ帰った。シャワーを浴びてベッドに横になったが一睡もできなかった。

家にいても仕方がないので、始発電車で会社に向かった。いつもは満員の車両がガラガラなのは新鮮だったが、それでも座席の大半は埋まっている。みな会社員のような身なりだ。こんな時間から出勤する人がこれほどいるのかと、変なところで感心した。

オフィスに着いたが、当然、まだだれも出社していない。空調の止まった冷えびえとした静謐《せいひつ》が、八島の置かれている立場を象徴しているかのようだ。

数時間後に出社する上司に説明する前に、もう一度落ち着いて考えてみよう。

さいしょの異変は一覧表の保存のときに感じた。なにか変な感覚があり、保存を実行したはずが、結果的に保存はされずに一覧表は前日作成したものがそのまま残っていた。

あらためて作成日を確認するが、やはり前日の日付。

（そんなことって）

ありうるのか。保存の操作は間違いなく実行した。そうでなければファイルを閉じるとき変更を保存するか聞いてきたはずだ。

ふとフォルダー内のほかのファイルに目をやる。五つほどのファイルが並んでいる。一覧表作成で使ったデータや文献などを保管したものだが、作業が終わると必要がなくなるファイルだ。

（もしかして）

念のため一つひとつ順番にファイルを開いてみる。

（あった）

三番目に開いたファイルが、完成した一覧表に変わっていた。

ファイルを保存するとき、ダイアログボックスのウィンドウにフォルダー内のすべてのファイル名が表示される。保存作業の際、ポインターがそのなかのひとつのファイルに触れて一覧表のファイル名が変わってしまい、別名で保存されてしまったのだ。

（ということは）

国内データファイルも保存するときにポインターが触れてファイル名が変わり、そのまま上書きされてしまったと考えられる。ＰＣのマウスの左ボタンが以前から不安定で誤ったクリックをしてしまうことがあった。今回、データを保存する作業の際にそれが起こったというわけだ。ファイルが消えた理由は分かった。一覧表は無事だったが、国内実験データは上書きされて取り戻せない。

この事実をどう伝えるべきか考えがまとまらないうちに、直属の上司の前田《まえだ》の姿がオフィスの入口に見えた。

前田は同じ白鳥製薬のマーケティング部にいる妻といつも一緒に定時の一時間前に出社する。そしてとくにアクシデントがないと定時の一時間後に退社する。ふたりの子供はすでに独立して、夫婦で趣味のゴルフのレッスンを受けているそうだ。

そんなどうでもいい情報ばかりが頭を駆けめぐり、考えがまとまらないまま足を進め、前田のデスク前に立った。

『おはよう、今日は早いな。一覧表はできたのか』

前田がスーツの上着を椅子の背もたれにかけながら、うまい具合に話をふってくれた。

『はい、できたんですが』

八島は恐る恐る国内実験データを消してしまった事実を伝えた。

前田は椅子に座り話を聞き終わると、両肘をデスクについて、鋭いまなざしを八島に向けた。

『国内実験データのファイルを上書きしてしまったのは間違いないのか』

『はい』

消え入りそうな声で八島は答えた。

前田は『うーん』と唸り、しばらく考えていたが、

『おそらく元のファイルはラボのだれかが持っているはずだから、それをアップしてもらえば復旧できるだろう。おれの方から連絡しておくよ。あといちおう神坂さんにも報告しておく』

ラボのある研究開発部と、治験をおこなう臨床開発部とは、まったくの別組織である。研究開発部は埼玉県、臨床開発部は東京本社内と場所も異なり、人の行き来もさほどない。

そういう組織にミスの尻拭いをお願いするので、統括部長の神坂にも断っておくのだろう。

『わたしもいっしょに統括部長にお詫びした方がいいですか』

『いや、おれひとりで充分だろ』

前田は立ち上がり、神坂のオフィスに向かった。

ともかく、それほど大事にならずにすみそうなことに胸をなでおろす。

神坂のオフィスに入ったあと前田はなかなか出てこない。十五分ほどしてようやくドアから顔だけ出して、『八島』と手招きした。

大げさに言うと、刑場に向かう気持ちで立ち上がった。緊張しながらオフィスを横切り、すでに開いているドアを軽くノックして入室した。

これまで神坂とはあいさつ程度の言葉しか交わした覚えがないが、厳しい人だとは周囲から聞いている。

どんな叱責を浴びせられるのか、身構えて神坂の出方をうかがう。

『話は前田さんから聞いた』

くつろいだ表情で神坂は言った。自分のデスクのパソコン画面を見ながら、

『じつは僕もつい先日、同じことをしたみたいなんだ。これ、フォルダーをクリックしたとき、開いたフォルダーの中のファイルに触れていっしょにクリックされちゃうんだよな。今、前田さんの話を聞いてようやく合点がいったよ』

『ソフトの問題かもしれませんので、ＩＴ部門にも報告しておきます』

前田が言った。

『そうだな』と神坂はうなずいたあと、八島へ顔を向けて、『君も大変だったな。長丁場だからあまり無理せず、だけど頑張ってくれよ』

昨晩の悪戦苦闘を前田から聞いたのだろう。優しいねぎらいの言葉をかけられ、一瞬、八島は涙ぐみそうになったが、なんとかこらえて、下を向いたまま、『はい、以後、気をつけます』と応えて退出した。


二日後、また長時間の残業になった。残業時間の多さは前田に注意されていたが、開発は共同作業なのでひとりだけ遅れるわけにはいかない。自己嫌悪に陥りながらパソコンに向かい、気づいたときには終電近い時間になっていた。

『なんだ、まだいたのか』

振り返ると神坂が立っていた。

『いくら若いったって、連日の徹夜じゃ持たんだろう。早く帰って休みなさい』

『要領が悪くて、全体の足を引っ張っているんで。……でも、部長も残業されていたんですよね』

『今日はたまたまだ。いつもはもっと早いよ』

神坂は苦笑いをして、八島の隣のデスクから椅子を引き出して腰を下ろした。

『ＳＵ－４８０のチームはどうだ。きつくて辛いか』

神坂の問いは、八島を試しているように聞こえた。

『いえ、きつくはありません。わたしは大丈夫です』

八島はむきになって答えた。

神坂は八島の顔をじっと見て、小さくうなずいたあと宙を見上げて語った。

『ＳＵ－４８０は会社の将来を左右する重大なプロジェクトだ。いや、核酸医薬品は一企業や日本のみならず世界の医療をも変える可能性を秘めている。某国では国策としてその開発に力を入れ、日本や欧米でスパイ活動をしているという噂さえある。

その先頭を走るＳＵ－４８０は絶対に成功させなければならない。君たちに厳しいスケジュールやノルマを強いているのもそのためだ。僕はこのプロジェクトに大げさじゃなくて命をかけるつもりで取り組んでいる』

八島へというより、自分自身に言い聞かせているような神坂の言葉だ。

初老に差しかかった神坂の落ち着いた風貌と、青臭い若者の主張のような熱い語りが妙にちぐはぐだった。でもそのアンバランスさにはどこか独特の面白みがあって、会社幹部という遠い存在からもっと身近な同僚社員、さらに踏み込んで言うと仲間意識のような親しみを感じた。そしてもっと神坂という人間を知りたいと思った。


八島が神坂と人目を忍ぶ関係となったのは、それからふた月ほどのちだった。

神坂は既婚者だったが、ふたりの子供は独立して妻とはすでに別居状態だった。

神坂との将来をどう考えていたのか、八島は今も明確な答えを出せない。

結婚は視野に入っていなかった、と思う。ただ、同じ目標、同じ価値観を分かち合い、暮らしをともにし、ふたりの身の丈にあった生活を築き上げていくという、漠然とした未来像はあったはずだ。そしてそれは神坂も共有していると感じていた。

しかし、ほどなくそれはひとり合点だったと思い知らされた。

『いや、それは困る。僕はもう子供をもつつもりはない。堕ろしてくれ』

なんの躊躇《ちゅうちょ》もなく神坂は言った。

だったらなぜ、一緒にファミリー向けマンションのモデルルームを見学したのだ。いや、それより、なぜもっと真剣に避妊をしなかったのか。

神坂は業務のようにてきぱきと中絶する病院を決め、充分すぎる費用も八島の口座に振り込んだ。

それに対して八島もいっさい抗議の声をあげなかった。怒りも失望もあらわさなかった。そういう感情が皆無だったわけではない。ただ、それ以上におどろきが大きかった。

(こういう人だったんだ)

どこか謎めいて、奥行きありげな不可思議な魅力を漂わせていた男の薄っぺらな正体に、あっけにとられたというのがいちばん正直な気持ちだった。

『予約の日は教えて。僕も立ちあうよ』

『いえ、結構です。ひとりでちゃんと処理しますから、ご心配なく』

すべてが終わったあと、八島は白鳥製薬を退職した。その前に神坂との関係は絶っていた。ほかの同僚社員たちと連絡を取り合うこともなくなった。

市西総合病院にＣＲＣとして就職すると製薬会社との付き合いも必然的に増えたが、さいわいこれまで白鳥製薬からの依頼はなく、元同僚たちと顔を合わすこともなかった。

ちょうど一年前、白鳥製薬が大きくニュースで取り上げられた。世界的な大企業のハリスン製薬に吸収合併されたのである。

風の便りに旧白鳥製薬社員の多くが退職したと聞いた。役員や幹部社員もほとんど社を去ったという。ただ、神坂がどうしたのかは、しばらく分からなかった。

ハリスン製薬から治験の依頼があり、その治験実施計画書に治験薬名ＳＵ－４８０と開発責任者名に神坂行弘を見たとき、時間が逆流したような錯覚を覚えた。

情報は少しずつあきらかになった。八島の退職後、神坂は白鳥製薬で開発部門のトップに立って取締役に名を連ねていた。それゆえにハリスン製薬の軍門に降《くだ》ったのちには当然退職すると目されていた。ハリスン製薬に飲み込まれたあとに、神坂が満足するポストが用意されているとは考えられなかったからだ。また神坂ほどの経歴の持ち主ならば、外資系を中心にいくらでも転職先はあっただろう。

しかし、神坂は一プロジェクトの部長に降格になりながらもハリスン製薬に残った。いろいろ思うところはあっただろうが、ＳＵ－４８０の開発に関与し続ける道を選んだのだ。

付き合っていたときに神坂から様々な夢を聞かされたが、少なくともＳＵ－４８０にかける思いだけは嘘でなかったようだ。

ＳＵ－４８０の治験の担当になったときから、いつか再会の日も来るだろうとの覚悟はあった。


（ついに）

そのときが来た。動揺も緊張もない。

神坂にもまったくおどろいた様子はうかがわれなかった。八島のその後を知っていたと思われる。

「明日、朝いちで榊原先生にアポイントをいただいたので、ついでと言ってはなんですが治験初日に訪問させていただきました」

神坂は他人行儀に説明した。

白鳥製薬のとき、神坂と八島の関係は周りに知られていなかった。今のハリスン製薬では、八島の存在自体、知る人はほとんどいないだろう。添島拓二にも隠しているわけではないが、元白鳥製薬社員とは打ち明けていない。

「そうですか、ＳＵ－４８０はハリスン製薬期待の新薬だそうで、添島さんにはいつも発破をかけられて、わたしたちも緊張感をもって仕事に当たっています」

「いやあ、発破をかけるだなんて。僕の方こそ――」

と添島は頭をかいているが、八島と神坂は目もくれず、互いを見つめあった。

「それでは、このあと最後の採血がありますので失礼します」

八島は頭を下げ、ふたりのもとを去った。

五

水もれで娯楽室が使えなくなって、坊咲と亜館は一階の喫茶室へ行った。今日最後の採血までの時間つぶしだ。外来棟のエントランス横に位置するこの喫茶室は、周囲と同様にガラスの壁で仕切られていて、しゃれたテーブルと椅子が配された室内から、外来フロアやエントランスの外への眺望がきく。

「おっ、また、怪物マスク」

アイスレモンティーに挿してあったストローを抜いて、亜館がエントランス横の車寄せの方をさした。

学生のようなふたり連れが怪物マスクをつけ、駐車場の方へ向かっていく。患者には見えないが、部外者が入り込んだわけでもなさそうだ。病院付属の看護学校の学生かもしれない。

「あっちにもいますよ」

外来フロアを横切る怪物マスク。こちらは子供のようだ。

「怪物にまつわるなにかイベントがあるのかもしれないね。おや、あれは佐伯先生か」

エスカレーターを降りてフロアを歩いているふたり連れ。一方は水もれのあと診察室前の廊下で会った佐伯医師だ。もうひとりは佐伯と同じくらいの背格好だが、より年長で白衣姿。ふたりの医師は言葉を交わしながらエントランスから表へ出て、会釈をして左右に分かれていった。

「ああ、退屈だな。観光にでも行きたいな」

亜館が大あくびをする。

「だめですよ。まだこのあとも採血があるんですから」

坊咲は亜館をなだめながら喫茶室を出た。

外来のフロアを歩いていると周囲の会話から、病院駐車場そばのグラウンドで看護学校の学生主催の怪物フェアが午後四時から開かれることが分かった。間近に迫った女神コンテストのプレイベントらしい。

「やっぱり、見に行こう。少し見物してすぐに戻ってくれば問題ないよ」

つよく主張する亜館に坊咲が折れて、エントランスの自動ドアを出て、駐車場の方へ向かう。

亜館が先に立って進むが、ほどなくして立ち止まった。駐車場への通路の途中で工事がおこなわれていて、迂回路を行くうちに道を見失ったらしい。焦った顔で周囲を見まわしている。

「あれ、どっちだっけ」

大きな矢印の看板も出ているので、迷うような道ではないはずだが、工事用のフェンスが視界をふさいで方角が分からなくなったようだ。

「すみません」

駐車場の方角から近づいてきた男に、亜館が声をかけた。先ほど佐伯医師といっしょにいた人物だ。白衣の名札に「羽山」とあった。水もれ騒ぎの際に廊下ですれ違った怪物マスクと同一人物らしい。手に同じ紙袋も提げている。

「怪物フェアをやっている駐車場に――」

亜館の言葉の途中で、羽山医師は、

「ああ、それならここをまっすぐ行けばすぐですよ。僕も行くつもりだったけど、急患で呼び出されちゃって」

と早口で言いながら亜館と坊咲の横をすり抜けようとする。すると手にしていた紙袋が亜館と接触し、中からなにかが落ちた。怪物マスクだ。

「あっ、これ」

亜館が拾い上げて渡そうとするが、

「よかったら使ってください」

羽山は振り返りもせず、病院へ向かって走り去った。

「へへ、得しちゃった」

亜館はにんまりして怪物マスクの首のあたりを引き伸ばす。すぐにもかぶるつもりか。

「他人が使ったマスクは不衛生ですよ」

「神経質だねえ、坊咲君は」

意に介する様子もなく、亜館は怪物マスクをかぶると、意気揚々と駐車場へ向かった。

第二章　治験二日目

一

ＳＵ－４８０治験二日目の朝になった。

治験で予定されている起床時間は七時だが、坊咲貴之はその一時間以上前から覚醒して、ベッドの上でうんざりした気分で亜館と斎田の会話に耳を傾けている。

「今年の女神コンテスト、この市西総合病院で開催されるって知ってたか？」

斎田の問いに、亜館が、

「なんだ、さんざんケチをつけていたのに、君もやっぱり興味があるわけ、コンテストに」

「興味はない。最先端医療施設として多大な税金も投じられている病院で、低俗なイベントが開催されることに腹を立てているんだ」

「へえ、ご立派なことで。それならもっと面白いことを教えてあげよう。今、この病院内でコンテストの予備選考が進んでいる」

「ほんとうか」疑うような斎田の声。「どうしてそんな内部事情にくわしい」

「昨日、怪物フェアを見物してたら、参加者の事務員っぽい人たちが話しているのを小耳に挟んだ」

「怪物フェアなんてどこでやってた」

「病院の駐車場だよ。昨日の最後の採血の前に見物したのさ。病院の職員や学生たちが集まって、けっこう盛大な催しで面白かったよ」

亜館が存分に楽しんだことは間違いない。おかげで坊咲は、採血時間ぎりぎりまで会場内で粘る亜館を引っ張って戻るのに苦労したのだ。

「しかし、病院の職員が女神候補を選んでいるのか。けっこう、いいかげんな選考だな」

「そのとおり」それまで眠っていると思われた村上が突然割り込んできた。「誤った予備選考で逸材がふるい落とされている可能性は大ですよ」

「たしかに」と亜館が応じて、「もし僕に選考を任せてくれれば、もっと質の高いコンテストになるだろう」

愚にもつかないオタクたちのやり取りは、このあとも延々と続いた。

朝食の一時間後、診察と投薬、採血、採尿という初日と同じ治験スケジュールをこなした。採血の回数が初日よりは少ないため、坊咲たちの負担も少し軽くなった。

鼻炎の症状はよくなった気がするものの、副作用らしきものもないので、実薬なのか偽薬なのか判断がつかない。まあ、簡単に分かってしまっては二重盲検の意味がないので、これでいいのだろう。

「では、次の採血は昼食後になります。それまでは自由時間ですので、ゆっくりお過ごしください」

ＣＲＣの八島は、水もれの修理も終わったので娯楽室が使用可能なことを告げた。

「どうします？　僕たちも行きませんか」
五、六人の被験者たちが足早に娯楽室へ向かうのを見て、坊咲は亜館と斎田を誘った。
「ジュース、飲むのか」

斎田が聞いてきた。

「ええ、そのつもりです」

朝食のあとは水分を取っていないので、喉が渇いていた。

斎田はほかの被験者たちにもジュースを飲むか尋ねていたので、てっきりいっしょに行くのかと思いきや、

「おれはパス。電話かけてくるわ」

そう言って斎田は診察室を離れた。

坊咲はほかのみんなと娯楽室へ行き、オレンジジュースを飲んだ。亜館にも紙コップを渡そうと

したが、いらないと断られ、

「僕は昨日、我慢した島内観光をするけど、君も付き合いなよ」

さほど乗り気ではなかったが同行することにした。一緒に行って監視しないと、次の採血の時間に戻ってくるか心配だったからだ。

病院のエントランスを出て、バス停へ向かう途中に観光用の案内図があった。亜館は立ち止まって、

「日数はたっぷりあるから、ゆっくり順番に見ていこう。今日はここ」

指さしたのは病院から近い場所。木造建築のイラストが描かれ、西ヶ島療養所と記されていた。

亜館の解説によると、江戸の後期か明治初頭に建てられたものだという。

「今、島に残っている建造物の中でいちばん古いものなんだ。内部は史料館になっていて、江戸期の医療器具や生活用品が展示されているらしい」

亜館の声を聞きながら女神コンテストの会場予定地の広場横の道を進んでいくと、病院の敷地を抜けて坂道に差しかかる。下るにつれ視界を覆っていた木立が、幕が引かれるように右方へ後退し、前方に青い海原がひらけた。沖には船が浮かび、空には鳥が翼を広げて旋回している。

「いい眺めですね」

「ああ、ここからの景色はポスターにも使われているよ」

すっかり観光気分に浸ってのんびり進む。

そろそろ目的地かと思っていると、前方に大型トラックから重機が下りてくるのが見えた。作業員らしき人の声も聞こえる。

着いてみると、西ヶ島療養所の周りは工事用フェンスで囲まれていた。呆然と立ちすくむ坊咲を尻目に、亜館が通用口から中に入った。

現場の監督らしき人物と言葉を交わし、亜館が戻ってきた。

「どうやらここは解体されて、新しい研究施設になるらしい。史料館の展示物は市の施設に移されたそうだ」

ということで史料館見物はあきらめ、坊咲と亜館は周辺を散策したあと、病院へ戻った。


午後の診察と採血が終わると、亜館たち数人と娯楽室でゲームをした。途中、トイレに立ち、戻ってくるとゲームは中断され、ＣＲＣの八島が輪に加わり、雑談に興じていた。娯楽室の隣には治験用の資材や資料などを保管する備品室があり、そこに来た八島を亜館が呼び止めたようだ。

「製薬会社で薬の開発だったら、今みたいに白衣で仕事していたの。試験管とか振ったりして」

亜館がなれなれしい口調で尋ねる。どうやら八島の前職についての話題らしい。坊咲も輪に加わる。

「薬の開発と言っても、研究開発じゃなく臨床開発なので、試験管は振りません」

「どうちがうの、そのふたつ」

「大雑把に言うと、研究開発は病気に効く物質を探したり合成したりして、新しい薬となる候補の物質を創り、さらに動物実験をして有効性や安全性を確かめるまでの仕事。

臨床開発は動物実験を終えた候補物質を人に投与して有効性と安全性を確認して、新薬として国の承認を得るまでが仕事です」

「じゃあ、今と同じように治験の仕事をしていたわけ」

「ええ、今回の治験も製薬会社の依頼で実施していますし、依頼側から請負側に変わっただけですよ」

矢継ぎ早の亜館の質問に、八島は嫌な顔ひとつせずに答える。

しかし、どうして製薬会社を辞めてCRCになったのだろう。医療現場に出たかったのだろうか。わけを知りたかったが、ぶしつけな質問を自分ではしたくない。だれかしてくれないかと期待していると、はたして亜館が、

「どうして会社員を辞めて、病院の職員になったの？　お給料がよかったとか」

無遠慮に切り込むと、八島はさすがに少しためらうような表情をしたが、

「それはですねえ……」

仕方ないという感じで口を開きかけたが、ピピピピとの発信音にさえぎられる。首から下げた機器が鳴っている。

「あっ、呼び出しがかかりました。それでは失礼します」

ちょうどいいタイミングだ。八島は席を立ち、逃げるように娯楽室を脱した。

二

昨日の神坂との再会から、執拗に過去が八島にまとわりついてくる。亜館から会社員時代のことを尋ねられたときには、軽い動揺があった。気取られないよう注意したつもりだが、悟られたかもしれない。

(過去は忘れて)

気持ちを切り替えようと思うが、今朝、添島が治験管理室にひとりであらわれたときには、軽い失望を感じずにはいられなかった。

『あら、上司の方は』

昨日が神坂と初対面ということになっている。なれなれしく苗字で呼ばない方が自然だろう。

『神坂は榊原先生の外来前に面会を終えて東京へ帰りました。十一時から会議があるそうで』

『そうですか』つとめてさりげなく相づちをうち、書類棚からハリスン製薬の書類ファイルを取り出す。『今日は必須文書のSDV(直接閲覧)ですよね』

『ええ、初回のIRB(治験審査委員会)までの書類と治験薬管理表を確認させてください』

添島がミーティングスペースのテーブルに置かれた書類ファイルを開いて中の書類の確認をはじめた。

製薬会社が新薬を販売するには、厚生労働省から販売承認許可を得なければならない。そのために製薬会社は新薬の有効性と安全性を証明する必要がある。そのデータの元となる治験が、正しく実施されたか確認するのも製薬会社の責務となる。

よって製薬会社の担当者は、病院が適切に治験の審議をしたか、治験薬を適切に保管したかなど、治験のルールで必ず残しておかなければならない書類を確認するのだ。

また、治験実施計画書どおりに治験が実施されたか、病院にある被験者のカルテの内容と製薬会社へ提出されたデータの内容に矛盾がないか、転記もれや記載ミスがないかなど、カルテや検査データを閲覧して確認もする。

前者を必須文書のＳＤＶ（直接閲覧）、後者を症例ＳＤＶと呼ぶ。

製薬会社の担当者は、治験期間中や終了後にこのＳＤＶを実施して、もし問題点があれば改善を求めたり、プロトコール違反などがあれば報告書の提出を求めたりする。もし重大な落ち度を見過ごしたまま治験が進んでしまうと、最悪の場合、その病院のデータが使えなくなることもある。担当者の責任はそれだけ重大なのだ。

八島の白鳥製薬時代、社内であるファックスのコピーが回覧された。

それは厚生労働省の課長名義のレターで、製薬会社臨床開発部各位となっていて、内容は以下のようなものだった。

〈先ごろ藪石《やぶいし》病院にて丸北《まるきた》製薬のＭＴ－３３５０の治験の監査を実施したところ、平成××年〇月から平成×△年◇月までの間、同病院において治験審査委員会が適切に開催されていた記録がなく、そのほかの必須文書も保管されていないことが確認されました。よって藪石病院を治験実施医療機関として不適格と判断し、丸北製薬に対し、MT－３３５０の治験のデータ解析対象から藪石病院の全症例を削除するよう命じました。つきましては、平成××年○月から平成×△年◇月までの間に、御社が藪石病院で治験実施を依頼されていた場合、その間の藪石病院のすべてのデータを解析対象から除外するようお願い致します〉

回覧を見た八島と同僚たちは、さっそく休憩室に集まり、

『あんなことあるんだねえ』

『丸北の担当者、ＳＤＶ全然しなかったのかな。もしそうなら馘首《くび》だね』

『馘首にならなくても、会社にいられないでしょ』

さいわい白鳥製薬は藪石病院に治験依頼をしていなかったため、他人事の笑い話ですんだ。

それでも八島は自席に戻ったあと、すぐに自分の担当病院すべてに電話を入れ、ＳＤＶの予約を取った。

結局、どの病院にも問題がないことが分かり胸をなでおろしたのだが、ＳＤＶと聞くたびに八島は、他人事ながらゾッとしたあのときのことを思い出す。

添島はそんな緊張感もなく、二十分ほどがさがさと書類をめくって、

『確認終わりました。問題ないです。ありがとうございました』

と言って帰った。

苦くも懐かしい昔を振り返りながら娯楽室から戻り、治験管理室のドアを開けた八島は、キツネにつままれたような気持ちだった。

急ぎの呼び出しで戻ったのに、室内にはだれもいなかったからだ。

各自のスケジュールを記入するホワイトボードを見ると、黒タンとほか数名は在室となっている。たまたまトイレやジュースを買いに行くタイミングなどが重なると、こういうこともありうる。だとしても急ぎの呼び出しをしておいて、呼び出した本人が席を外すのはいかがなものか。

戸惑いながら自席に近づくとデスクの上にメモ書きがあった。

「非常階段で転落事故」という走り書きの文字が目に入ると同時に、勢いよくドアが開き、深田が飛び込んできた。

「八島さん、たいへん。佐伯先生が亡くなったみたい」

深田とともに治験管理室を飛び出した。病棟外の非常階段下に倒れていた佐伯が、通りかかった清掃員に発見されたのだという。

一階裏の通用口を出て、非常階段の方へ走る。周辺にはすでに人だかりができていた。医師や看護師、その他の病院関係者たち、それに怪物マスクを手にした観光客の姿もある。すぐ横に怪物を祀る祠があるためだろうか。

八島と深田がこれ以上近づいていいものかどうかためらっていると、先に来ていた治験管理室の面々がそばに寄ってきた。

「非常階段の手すりを乗り越えて転落したらしい。すでに死亡が確認された。まもなく警察が到着するって」

説明してくれた黒タンも蒼い顔をしている。

どうして佐伯が。非常階段から。いったいどういう……。

八島の脳裏をめぐる疑問が黒タンに通じたのか、

「自殺か事故かはまだ分からない。警察が調べることになるだろう」

「治験実施中のメーカーさんには知らせた方がいいですか」

いちばん若手のCRCが黒タンに尋ねた。

「佐伯先生はどの治験にもかかわっていないから、こちらから連絡する必要はないだろう。もし尋ねられたら、亡くなった事実だけ伝えて、くわしいことは分からないと答えるように」と黒タンは指示を出し、「僕らがここにいても邪魔なだけだから管理室へ戻ろう」

CRCたちはみな黒タンのあとに続く。

黒タンも動揺しているだろうに、リーダーシップを発揮する意外な一面をみせた。ちょっと見直した。

「SUの被験者さんたちは、どうします？」

今宮が並んで歩く八島と深田に問いかけてきた。

佐伯の死、という事実に打ちのめされて、どうすべきか判断を下そうにも頭が働かない。隣の深田がちらりと八島を見て、助け舟を出す。

「とりあえず事実だけは伝えておいた方がいいんじゃない。ほかの患者さんや職員から噂を聞く前に」

たしかに。治験はまだあと十日以上続く。隠しておく理由もない。

「そうね、そうしましょう。次の採血のときに伝えればいいと思う」

やや上の空で答えるが、八島と佐伯の仲は深田たちも承知しているので、痛ましげな顔でうなずくだけだ。

(それにしても)

前途洋々で活気にあふれていた佐伯が自殺したとは考えにくい。非常階段を使用したことはないが、大の大人が簡単に転落するような構造ではないはずだ。とすれば事故の可能性は限りなく低い。

(残るは)

殺人……。でもだれが、いったいなんのために。


SU－480治験は呪われている。必ず失敗する

あのメッセージとこの事件は関係があるのか。

並んで歩く深田と今宮もきっと同じ思いを巡らせているのだろう。無言のまま治験管理室に戻った。

三

採血が終わると、亜館が誘ってきた。

「ちょっと付き合ってよ」

多くの被験者たちが娯楽室へ向かう中、坊咲は亜館とともに病棟のエレベーターで一階に下りた。通用口を出る前に、亜館の目的の想像がついた。

病棟の非常階段の周辺には規制線が張られ、警察関係者とおぼしき人影がその内側でうごめき、外側では野次馬らしき人々がその様子をうかがっている。

院内で大きな事件、それも昨日、顔を合わせた佐伯医師が転落死したとの話は、先ほど採血の際、八島から伝え聞いた。

物見高い亜館がさっそく見物に駆けつけるのは意外でもない。

規制線のそばまで進んだ亜館は、まるでなにかを探すように、きょろきょろとあたりを見まわしている。

初日に訪れた祠の近く、非常階段の真下あたりにブルーシートの幕が張られ、鑑識係とみられる捜査員が出入りしていた。また、そこから転落したのか、非常階段の二階の手すり越しに捜査員らしき人影がうごめいている。

そういう光景に視線を巡らせていた亜館は、突然、なにかを認めて手をあげて大声を発した。

「乾《いぬい》さん」

数人が亜館の方へ顔を向けたものの、だれも反応を示さず、元の作業に戻った。

ところがしばらくして、階段下の捜査員たちの塊からひとりが離れて歩み寄ってきた。

「なんで君がここにいるのかね」

スーツ姿の四十代、やせ型で背はそれほど高くないが、どこか威圧的な雰囲気をまとった男が亜館に質した。

「たまたまこの病院で治験に参加しているんですよ。殺人事件かもしれないと聞いたんで来てみたんです」

八島は殺人事件かもしれないとは言っていない。亜館は鎌をかけたのだろう。

乾と呼ばれた男は、じろりと亜館をねめつけ、

「殺人？　だれがそんなことを言った」

「さあ、だれでしたかね。すでにいろいろ噂になっているみたいですよ。じっさいどうなんですか」

「捜査中だ。そう簡単に結論は出んよ。野次馬根性はほどほどにして家へ帰りなさい」

「帰りたくても治験中は約二週間、病院から出られませんから、乾さんのご活躍、拝見させてもらいましょう」

「勝手にしたまえ」

乾は舌打ちをして、規制線の内側へ戻った。

ふたりのやり取りから、亜館が警察とかなり親しい関係にあるのは察せられた。

「どうして警察に知り合いがいるんですか」

坊咲の問いに、亜館は心なし胸をそらして、

「さいしょに言ったでしょ。僕は探偵のような仕事をしているって」

小説やドラマでは、素人が警察の仕事に割って入って難事件を解決したりするが、現実世界でそんなことはありえない。

じっさい、亜館は坊咲やほかの見物人といっしょに遠巻きに捜査を見守るだけだ。捜査員たちがなにを調べ、なにを発見し、どういう結論に達しようとしているのか、いっさい分からない。

なおも亜館は捜査現場周辺をうろうろして、警官に声をかけたりしていたが、まったく相手にされなかった。

第三章　治験四日目〜五日目

一

佐伯医師の死に影響を受けることなく、ＳＵ−４８０治験は順調に進み、四日目の投薬を終えた。

これまでの投薬と同じだが体調はいい。断言はできないが、実薬のような気もする。

投薬後にはジュースを飲むのが日課になっている。誘い合わせるわけではないが、だいたい同じメンバーの顔合わせとなる。

人の顔と名前を覚えるのが苦手な坊咲は、結局最後まで、その全員の顔と名前を一致させることができなかったが、のちにマスコミで報じられた氏名と年齢を記すと、小島和明（57）、佐々木充《ささきみつる》（51）、峯利幸《みねとしゆき》（38）、川崎史安《かわさきふみやす》（29）であった。

そこに斎田が加わって「体調はどう？」とか、自分は飲まないが、「このオレンジジュースおいしいよね」などと声をかけてくるのがある種のパターンとしてできあがっていた。よほど暇なのだろう。

これは斎田だけの問題ではなく、だれもが時間だけはたっぷりあり暇を持て余していた。娯楽室でゲームをするか、亜館の島内巡りに付き合うか。坊咲がぼんやり先の予定を考えていると、八島が告げた。

「このあと、警察の方がみなさんにお話を聞きたいとのことですのでご協力ください」

診察室をカーテンで二分割し、そこで刑事と面談するのだという。

「やはりあれは殺人事件だったんだな。わざわざ僕たちにまで事情聴取するということは」

納得顔の亜館に、斎田が反論する。

「断定はできないだろう。まだ、事件か事故か、可能性を探っているところなんじゃないか」

「だとしても、わざわざ一人ひとり別々に話を聞くのなら、本腰を入れて調べているということだ。かなり殺人の疑いが濃厚なのは間違いないだろうね。もしかすると犯人扱いされるような、厳しい取り調べになるかもしれないよ」

亜館が脅かすように、ほかの被験者たちに言うと、ざわめきが広がった。

「みなさんがなにを聞かれるのか、警察からうかがってはいませんが、わたしたち病院職員がすでに聞かれたのと同じように、一昨日の午後一時から二時までの間の行動や、見聞きしたことを尋ねられるのだと思います。ですので、いきなり犯人扱いされるようなことはないはずです」

八島がみなを落ち着かせるように言ったので、ざわめきは鎮まった。

午後一時から午後二時に限定して調べているのは、佐伯が転落したのがその間と判明したためだろう。

二日前のその時間、なにをしていたか記憶をたどっているうちに坊咲は名前を呼ばれた。

診察室に入ると医師用の椅子に座っている刑事は、転落現場で会った乾だった。乾も坊咲に気づいたらしく、「ああ」というような顔をした。坊咲が患者用の椅子に腰を下ろすと、

「亜館君といっしょにいた人だよね」

「はい、坊咲貴之です」

「では、さっそくですが、あの日の午後一時から二時までどこにいたか教えてもらえますか」

カーテンの向こうからも、別の刑事の低い声がもれてきた。内容までは聞き取れなかったが、同じ質問だったのは、

〈どうして、佐伯医師が非常階段から突き落とされたのが、その時間帯だと分かったんですか〉

亜館の大声の返答で分かった。

捜査に関することは教えられないから、こちらの質問に答えてください、と刑事の声も大きくなる。

目の前の乾は苦虫をかみつぶしたような顔をして、

「あっちは気にせず、あの日のことを思い出してください」

坊咲は気持ちを集中させ記憶を引き出す。

正午の昼食後、採血をしてほとんど全員の被験者が娯楽室へ移動したのだった。

「たぶん、その時間は娯楽室にいたと思います。テレビを横目にゲームをしたり、雑談をしたりしていました」

坊咲の言葉に、乾はうなずいて、

「坊咲さんは午後一時から二時までずっと娯楽室の中にいましたか。それとも途中、席を外しましたか」

「その時間帯はだいたい娯楽室の中にいたと思います。ちょうどウノで盛り上がっていたのがそのころなので」

坊咲のほかに亜館とふたりの大学生、それと保険代理店を経営している村上の五人でゲームをした。

「五人ともまったく席を立たなかったんですか」

「トイレ休憩や飲み物を取りに行ったりはしました」

坊咲もメール確認のために一度、病室へ戻り五分ほど席を外した。ほかの者たちもそれぞれ所用で同じように途中、短時間だが抜けているはずだ。

佐伯が転落した非常階段と坊咲たちがいた娯楽室は、同じ棟の同じ二階である。廊下を突っ切り非常階段に出て、すばやく佐伯医師を突き落とし、急いで戻るのはだれにも可能だったろう。

つまりゲームをしていた五人には確たるアリバイがない。

「なるほど、よく分かりました」乾はいったん手帳に目を落として、「ではゲームをしていた五人以外のことはなにか覚えていますか。だれが部屋にいたとか、いなかったとか」

「被験者のほとんどが娯楽室にいたはずですけど、出入りはあったと思います。だれがどのくらいの間、席を外していたかは、正直、分かりません」

娯楽室の中はかなり騒がしかったから、人の動きはあったはずだ。でも、こちらはゲームをしていて他人の行動など気にかけていなかった。まして、午後一時から二時までと限定されては、なおさら分からない。

〈佐伯先生は二階から落ちたんですよね。それほどの高さでもないのに亡くなったのは、よほど打ちどころが悪かったからですか。落ちる前に殴られたりして傷を負っていたんですか〉

また亜館の声。対応する刑事もなにか答えたようだが、よく聞き取れない。

乾は咳払いをして、

「では最後に。娯楽室前の廊下を通る人を見ませんでしたか。時間は午後一時から二時までの間と言いたいですが、そこまで正確でなくても結構です」

娯楽室のドアは常に開いていた。部屋から廊下は丸見えである。しかし、ゲーム中、廊下の通行人など気にもとめなかった。

「注意して見ていなかったので……」

「治験コーディネーターの方々はどうでしたか。前を通ったりしたら、気づくんじゃありませんか」

乾の問いかけで、坊咲は記憶を呼び起こされた。

「そういえば、八島さんが顔を見せました。隣の治験の備品室に用があったんだと思います」

「何時ごろだったか分かりますか。それとどのくらいの時間、備品室にいたのか」

「八島さんが娯楽室に顔を見せたのは、あの日二回あって、さいしょはお昼過ぎで、それからだいぶたってもう一度なにかを取りに来て、そのあと僕たちと雑談をしたんです」

二回目のとき、八島に呼び出しがかかった。あとから思えば、あれが佐伯の死体発見の連絡だったのだろう。

「ということは、一回目は午後一時くらいだったかもしれませんね」

乾に念を押され、

「そうですね、そのくらいの時刻だったかもしれません」

と坊咲は同意した。

〈それを聞いてどうするんです？　一階から八階まで、どこからでも非常階段には出られるでしょう。娯楽室の前を通った人を特定しても仕方ないんじゃありませんか〉

亜館がごねているようだ。

乾は顔をしかめたまま、坊咲に八島に関する追加の質問をいくつかしたあと、

「ご協力、ありがとうございました」

と聴取を終えた。


十人の被験者全員が警察から話を聞かれた。だいたいひとり十分ほどで終えたやり取りを、亜館だけは三十分近く粘っていた。

ようやく診察室から出てきた亜館は、スポーツのあとのようなすがすがしい顔をして、

「どうだった」

と坊咲に聴取の内容を質した。

坊咲が乾とのやり取りを伝えると、

「やはりね。僕の思ったとおりだよ」

「どういうことですか」

「警察はかなり的を絞ってきている。なんらかの理由で犯人が娯楽室の前を通って非常階段に出たと断定したようだ」

「そうですかねえ。ただ目撃者がいないか、各階をしらみつぶしに探しているんだと思いましたけど。聴取されたのも僕たちだけじゃないでしょうし」

「だとしても、なんらかの目星をつけているのは間違いないね。僕は警察のやり口はよく分かっているんで、勘が働くんだ」と言って、周りを見渡し、「この病室にいるだれかが犯人という可能性が高まっている。少なくとも警察はそう疑っているよ」

二

警察によるSU-480治験の被験者たちへの聴取が終わったあと、八島は乾警部補から「ちょっとお話ししたいのですが」と声をかけられた。立ち話ではなく、時間を取ってほしいという意味

だろう。

空き会議室を探し、乾を招き入れた。

「お忙しいところ、ありがとうございます。実はあらためてもう一度、伺いたいことがありまして」

乾は丁重な言葉づかいで切り出した。

「はい、なんでしょうか」

「佐伯祐司さんが亡くなった日の午後一時ごろ、八島さんは治験の被験者たちがいる娯楽室の隣の備品室に行きましたね」

「ええ、それは前にもお話ししたと思いますけど」

乾の意図が分からず、八島は戸惑った。

「そうでしたね」乾は自分の手帳を見ながら、「午後一時ごろ、備品室から患者日誌を取ってきたとのことでした。そこでもう一度確認したいのは、八島さん、治験管理室には備品室からどこへも寄らずにまっすぐ帰ってこられましたか」

「はい、それも前にお話ししたと思います」

電話をする用事があったので、急いで治験管理室へ戻ったので、よく覚えている。

乾が難しい顔をしているので、八島の方から質問を投げかけた。

「なにかご不審の点がありますか」

「じつはですね」乾は秘密を打ち明けるように、少し声を落とした。「非常階段に通じる廊下にはすべて監視カメラが備えられているんです」

それは知っている。各廊下の天井にカメラがあるのは見れば分かる。開院間もないころ、非常扉から不審者が侵入したため設置したとのことだった。またそのときに、非常扉は内側からはだれでも開けられるが、外側からは鍵がなければ開けられない仕様に変更されている。

（でも……）

警察がカメラの映像を確認したなら、八島がその時間、非常扉にも非常階段へも近づいていないことが分かったはずである。

「今、病棟内で空調設備の修繕工事をしていますよね。なんでも娯楽室のある二階だけ、カメラが停止していたらしいんです」

漏水の影響で二階だけ、カメラが故障して映像が残っていないのだという。

「ほかの階の映像はすべて確認しましたが、佐伯さんを含め、非常階段に出た人はいません」

消去法により、佐伯は二階から非常階段に出たと推定されるわけだ。そして、もし殺人ならばその犯人も。

「そうだったんですね。でも、わたしは本当に非常階段へは行っていません」

そもそも非常階段へはだれでも行ける。病棟からではなく、外部から非常階段を上ってくることもできたはずだ。

なぜ、自分の行動だけ、執拗に追及されなければならないのか。

そうした不満が顔に出たのか、乾はまっすぐに八島を見すえて、

「佐伯さんのスケジュール帳にいくつか八島さんのお名前がありました。今週もデートの予定があったようですね。お付き合いされていたのですか」

八島は首をふった。

「まだ、交際していると言えるほどの関係ではありませんでした。これから互いをよく知り、親しくなるための段階を踏みはじめた矢先だったので、とても残念です」

「最近、喧嘩や仲たがいをされたことはありませんか」

「ありません。今週食事の約束をしていたくらいですから」

「なるほど」乾は手帳に目を落とし、「また事件の日のことに戻りますけど、あの日、佐伯さんは午前中を研究室ですごし、いったん研究室を出て、三十分ほどして研究室に戻り、またすぐに外出して、午後一時から二時の間に事件にあわれました。この間も八島さんは佐伯さんと会ったり、電話で話したりしていませんか」

「していません」

「そうですか」と言ったものの乾は納得したような顔はせず、話題を変えた。「佐伯さんはすごいエリートだったんですよね。耳鼻科部長というだけでなく、お隣の研究所でも相当な地位にあったとか」

「ええ、佐伯先生の研究は、国内だけでなく、海外でも高く評価されていました。今、わたしたちがしている治験にも、アメリカで携わっていたんです」

「なるほど、優秀な方だったんですね。しかし、これほど大きな病院ならほかにも優秀な人は大勢いる。その中でも目立って出世していたのなら、嫉妬や恨みを買っても不思議はない。なにかそういう噂などを耳にしたことはありませんか」

ここまで踏み込んだ質問をするのは、被験者の亜館が言っていたように、やはり事故や自殺ではなく、殺人だとの確信があるのだろうか。

「ゴシップには興味がないのでよく分かりません。ただ、佐伯先生は穏やかな人柄で、周囲の人たちから好かれていたとは思います」

「そうですか」乾は少し間をおいて、「では、なにか悩みを打ち明けられたりはしませんでしたか。デートをするくらい親しくされていたのでしょう、いろいろ話はされたと思いますが」

「研究は順調だと伺っていましたから、深刻な悩みはなかったと思います」

八島の通り一遍の答えに、乾はどこか不満げな表情だったが、

「分かりました。また、なにか新しい情報が入ったら、お話を伺うことになるかもしれません。そのときはよろしくお願いします」

ひとまず引き下がる、という感じで締めくくった。


乾との話が終わり、治験管理室へ戻ると、ちょうど事務の木村比呂美が八島を訪ねてきた。

「忙しくてぜんぜん時間が取れなくてごめん」

コンテストの準備を任せっきりにしていたことを謝ると、木村は首をふった。

「佐伯先生のこともあって大変でしょう。選考はわたしと事務長補佐とで進めてもいいけど」

木村も、八島と佐伯の関係は知っている。気をつかってくれているのだ。

「ありがとう。でも大丈夫よ。ちゃんと時間は確保するから」

女神コンテスト開催まで残り四十日を切っている。佐伯の死はショックだが、仕事は仕事、切り離して考えるしかない。

「そう、それなら引き続きお願いするわ。じゃ、これ部屋の鍵」

木村から手渡された鍵を見て、八島が不思議そうな顔をすると、

「事務のだれかだと思うんだけど、コンテストの資料に触った形跡があったの。なので今後は鍵のかかる部屋にコンテスト関連資料を置いて、会議もそこですることにしたから」

八島はあきれた思いで、

「そんなものを盗み見て、いったいどうするつもりなのかしら」

「さあ、でも個人情報もあるし、気をつけて管理しないと」

「外部が絡むとよけい気をつかって大変ね」

「ほんとうにそう。あと選考だけじゃなく、お隣さんとの調整もあるでしょ。そっちもそろそろ進めないと」

コンテスト出場者やスタッフの控室になる仮設テントの設置予定場所は、病院と隣接する遺伝子医学研究所の敷地のすぐそばだった。コンテスト出場者とスタッフたちの動線が敷地にかかることが懸念された。研究所は外部からの侵入に神経質なところがあるから、折衝は難航も予想される。その交渉役は、八島がおこなう予定になっていた。

「もし、今回の件で、難しいようだったら、交渉役は代わってもいいけど」

木村は探るように言った。研究所との折衝を八島が買って出たのは、佐伯というコネがあったためであった。

「いいのよ。研究所の件はまかせて。ほかにも当てがあるから」

ほんとうは当てなどないが、なんとか見つけなければ。


次回のミーティングの予定を決めて木村が治験管理室を出ていくと、それまで自分のデスクで仕事をしていた黒タンがそばに寄ってきた。

「八島さん、今も研究所への異動の希望、変わらない？」

市西総合病院と遺伝子医学研究所は別組織だが、同じ公益法人が指定管理者となっていて人事交流もあった。

「はい、もしかしてどこかの部署に空きができたんですか」

気負いこんで問う八島をじらすように、黒タンはゆっくりと背後に回り、片手を八島の肩に置いて、

「うん、さっきメールで研究員助手募集の報せが届いたんだ」

八島は椅子を半回転させて黒タンの手を外しつつ向き合うと、

「ぜひ、推薦してください」

「でも、うちも今後、いっぱい治験を受ける予定だから、人手は足りないくらいなんだよね」ねっ

とりとした目つきで言い、「ところで今週末、時間あるかな。ビジネスセンターで世界の昆虫展が開催されるんだけど、八島さんも興味あるでしょ」

「無理ですよ。SU－480がまだ続いているんですから。週末もわたしはずっと、深田さんと今宮さんは交代で出勤です。それに黒井さん、彼女がいるじゃないですか。彼女を誘わなきゃ」

「いやぁ、もう別れちゃったんだよ」

「そうなんですか、残念でしたね」

もともと実在しない架空のカノジョだとみんな知っている。深田たちにも話を合わせるように知らせておかねば。もっとも当人が新しい設定を忘れてまた空想のカノジョの話をはじめるかもしれないが。

「再来週まで開催されてるから、そのころならSUも片づいているんじゃないかな」

黒タンはなかなかあきらめない。

「そうですねえ」八島は首をかしげて、「もし断ったら、推薦はなしですか。交換条件ですか」

「いや、いや、そんな意味じゃないよ」

黒タンは少し狼狽気味に言った。

「なら、いいですよ。来週なら時間が取れると思います」

「ほんとうに」黒タンは目を輝かせた。「ありがとう。すぐに研究所へは推薦するから。あっ、別にこれは取引じゃないからね」

取引成立。一回、黒タンとデートをするくらいなんでもない。少なくとも我慢できないほどの苦痛ではない。

（これで）

研究室へのつながりもできる。少しほっとする。まだ第一歩だけど。


黒タンを満足させて自席へ帰すと、八島のデスクの電話が鳴った。ハリスン製薬の添島からだ。

「佐伯先生、大変なことになったみたいですね」

「お耳に入りましたか」

聞けば、市西総合病院担当のMRを通じて知ったという。SU－480と関係が深かった佐伯には、添島も何度か面会しているはずだ。それでも八島と佐伯の関係までは知らないだろう。

「今の治験には影響ないですよね。もしなにか困っていることがあれば言ってください」

添島はどこかほっとしたように、それでも不人情と思われないようにか、用心深く探りを入れてきた。

「大丈夫です。その後も治験は順調に進んでいますから、安心してください」

「そうですか、ありがとうございます。ところで昨日の経日新聞、読みました？　SU－480の治験が取り上げられていたんですけど」

「見てないですけど、好意的な記事だったんですか」

八島は経済新聞など手に取ることすらめったにないが、たまに読むと企業の提灯記事ばかりの印象だ。

「ええ、とくにＳＵ－４８０が画期的な新薬と紹介されていて、今朝からハリスン製薬の株価はストップ高です」

添島の声が弾んでいる。たしかハリスン製薬は持ち株制度があったはずだから、添島自身の懐も潤っているのだろう。

「それじゃ、ますます失敗できませんね。気を引き締めて頑張ります」

「八島さんなら、こちらも安心してお任せできます。残り十日ほどですが、よろしくお願いします」

「ええ、それでは。あと……」

「はい、なんでしょう」

「いえ、なんでもないです」

神坂さんにもよろしくお伝えください、と言おうとしたのだが、やめた。

三

治験五日目の診察・検査、投薬と採血が終わると、坊咲は日課のように娯楽室へ行く。ジュースを飲むためだ。

いちばん先に来ていた村上がコーヒーのサーバーに近づくと、まだ淹れたてのコーヒーがたっぷり入っているのに、ＣＲＣの深田が持ち去ってしまった。

「あれ――」

情けなさそうな声で深田を見送った村上は、坊咲たちが占拠するオレンジジュースのドリンクサーバーの方へきた。

「村上さんが飲もうとしてたのに気づかなかったんですかね」

坊咲がなぐさめると、

「さあね、僕はいじめにあいやすいタチだから」

村上はあいまいに首をふった。

オレンジジュースで渇いた喉を潤していると、亜館と斎田も近づいてくる。

「どうですか」

坊咲が紙コップを差し出すと、

「おれは結構。朝食で牛乳いっぱい飲んだし」

と斎田。亜館も断って、

「君たち、ちょっと付き合わない」

「また島内観光ですか」

連日付き合わされている坊咲は、正直、うんざりしている。

「違う、違う。転落事件について、乾さんに僕の推理をご披露するんだ」

「素人の推理なんかに刑事が耳を傾けるか」

斎田が怪しむように言う。これには坊咲もまったく同感。

「嫌がるだろうけど、結局、聞かざるを得ないね。警察の捜査に大きな影響を与える厳然たる事実だから」

と亜館は黒縁メガネを光らせて自信満々。

「警察に話す前にちょっと聞かせてくれよ」

斎田がからかい気味に言うと、

「だめだよ、重要な情報はまず警察に伝えないと。市民の義務、義務」

「門前払い食わされなければいいけどな」

「ところで、どこで乾警部補に会うんですか」

坊咲の問いに、

「居所を捜して病院内を回るのさ。どうせ事件現場あたりをうろついているに違いないさ」

なんだか頼りない話だが、時間だけはたっぷりある。無駄足になってもいいくらいの気持ちで、坊咲は亜館のあとに続いた。斎田もぶつぶつ言いながら、村上は無言でついてくる。みんな暇なのだろう。

四人連れ立って一階まで下り、通用口から外に出た。いまだに黄色いテープの張られた非常階段の下へ向かう。

見張りの制服警官がひとり立っているが、乾たち捜査関係者の姿はない。

もう、現場は調べつくしたのだろう。事件として捜査をしているのなら、佐伯の交友関係を調べているはずだ、との見解を亜館が口にしている中、緊急車両のサイレンが聞こえた。

「急患かな」

斎田がつぶやく。

しかし、四人のいる場所から救急専用入口は見えるが、救急車が近づく気配はない。

外来棟を大回りしてエントランスの方へ出ると、正面入口近くに看護師や病院職員、患者などが集まって言葉を交わしている。彼らの口ぶりと視線からして、なにか大きな出来事が起きたようだ。

「どうしたんですか」

亜館が近くの看護師に声をかけると、

「史料館の跡地で死体が見つかったみたいです」


午後の時間、亜館はひとり姿を消して、夕方の採血の時間近くになってようやく病室に戻ってきた。

「どこへ消えていたんです？」

採血が終わって、多くの被験者たちとともに娯楽室へと向かいながら、坊咲は質した。

「乾さんに会ってきた」

「ご自慢の推理は聞いてもらえたのかい」

斎田の問いに、亜館はどこか自慢げに首をふった。

「いや、新しい事件の情報を聞き出すのを優先したから」

「それって白骨事件のことですか」

信じがたい思いで坊咲は亜館の顔を見る。

先日、亜館とふたりで訪れた史料館のあの工事現場の地中から、死体が発見されたと聞き、坊咲たちは現場に駆けつけたが、転落事件のときよりも多くの捜査車両や捜査員、制服警官の姿が行き交い、騒然としていた。乾警部補の姿は見つけられなかった。

坊咲たちはしばらく遠巻きに眺めてその場を離れた。そのあとにテレビ局の中継車も来ていたようで、三時のニュースで現場も映り、レポーターが白骨化した死体が発見されたと報じていた。

その事件の最新情報を仕入れてきたというのか。

「そうだよ。意外な秘密を聞いた。君たちもきっとびっくりするよ」

「ほんとか」斎田は疑わしげな目を向けて、「警察が事件の情報を簡単にもらすはずがないだろう」

「普通の人にはね。僕はとくべつなコネを持っているから」

「どういうコネなんです？」

「くわしくは話せないけど、警察と共同で、とある事件の捜査にかかわって、解決に大いに貢献したのさ」

亜館の話はどこまで本当なのか疑わしい点もあるが、乾とのやり取りをそばで見た限りでは、ある程度の信憑性もありそうに思えた。

「で、なにが分かったんだい」

斎田が問うと、

「白骨死体の埋まっていた地中から、身元を示す手がかりが見つかったらしいんだ」

まあ、そういうこともあるだろう。しかし、それがびっくりするような話か。

坊咲と斎田の鈍い反応に、亜館は薄笑いを浮かべて、

「ここからが本番だよ。一緒に発掘された衣装やアクセサリーや小物から推測するに、白骨死体は君島みどりらしい」

「君島みどりって……」

かつてミス女神を射止め、スターの階段を駆け上がる途中で忽然《こつぜん》と姿を消した、あの君島みどりのことか。コンテストのあった市内の島に人知れず埋められ、白骨化していたのか。

これには坊咲も啞然とし、斎田もショックを受けたように口を開いたまま言葉を失っている。

亜館はふたりの様子を満足そうに見やりながら、

「おそらくDNA鑑定をして確認するんだろうけど、これは大事件だよ」

と興奮している。

もし本当に君島みどりだったら、たしかに大事件に違いない。

三人の会話を聞くともなく聞いていたほかの被験者たちも、君島みどりの話題には食いついてきて、亜館に詳細な情報をせがんだ。

「まあ、まあ。まだ捜査ははじまったばかりで、くわしいことはこれからだよ」

「だけど、乾警部補から随時情報は引き出せるんだろ、親しい間柄なんだからさ」

皮肉めいた口調で斎田が言うと、亜館は首をすくめるようにして、

「残念ながら乾さんは佐伯医師の転落事件の専従で、白骨事件は別の捜査班が受け持つみたいだ。

捜査本部が立ち上がるかもしれないね。注目の事件となるのは間違いないだろうし」

被験者たちは君島みどりのグッズが高騰するだろうと騒いでいる。そういえば昔、君島みどりのテレフォンカードを持っていたな、あれに今、値がつくんだろうか、などと坊咲も考えていた。

四

史料館の跡地から見つかった白骨死体が、君島みどりらしいとの噂がネットに流れたらしい。発見現場のみならず、病院にも野次馬が押し寄せてくるかもしれない、との懸念から病院全体に緊張感がみなぎった。

というのも以前、大物芸能人が入院しているとの情報が口コミで広がり、野次馬が院内に入り込んだことがあったからだ。そのときは、患者のふりをして検査室に侵入しようとする不審者も出て警察沙汰になった。

今回そこまでの騒ぎになるかは分からないが、先の佐伯の転落事件と立て続けに起きたため、職員たちも落ち着きを失っている。

パソコンを覗くと、病院長から全職員宛てのメールが送られていた。近ごろ不慮の出来事が頻発し、業務に支障をきたしている職員も多いかと思うが、最新の医療技術と最高の医療サービスを提供するという当病院の理念に沿って各自、自分の仕事に専念してほしい、との内容だ。また、今後、マスコミなどが接触してきた場合、勝手に対応せず、病院の広報担当窓口を通してもらうよう求めていた。

八島が建物の外へ出て母と電話で話したあと、治験管理室へ戻るとデスクの電話が鳴った。事務の木村からだ。

「なんか大変なことになってるね。治験に影響しそう？」

心配しながらもどこか声が弾んでいた。たしかに大事件には、良し悪しにかかわらず、気持ちを高揚させる一面がある。とくにそれが自分とは無関係で、被害が降りかかる心配がない場合は。

「今のところ大丈夫。それよりコンテストに影響するんじゃない？」

「そうなの。今、準備委員会の目加田《めかた》さんから電話があって、このまま市西総合を会場にして開催していいのか、再検討するかもしれないって」

「それじゃ、わたしたちの準備作業も中断なの」

「まだ会場の変更は決定じゃないし、どっちにしても女神コンテストの応募者の選考は進めなきゃ」

「まあ、そうだね」

コンテスト会場の病院のすぐ近くに過去のコンテスト優勝者の死体が埋まっていたのは大事件だし、もし民間のイベントならかえって宣伝に利用するかもしれないが、主催者が市だと無難に会場変更もありうる。

やはり君島みどりの白骨死体が発見されたインパクトは大きかったようで、その後も八島のもとへひっきりなしに電話やメールが入った。製薬会社の治験担当者や薬剤師仲間などからである。みな、なにかほかの用件にかこつけているが、白骨事件の話題に触れ、探りを入れてくる。

適当にあしらって電話を切り、メールにも当たり障りのない返信をしていると、隣のデスクから深田が身を乗り出して、

「警察の人がまた被験者さんたちから話を聞きたいって」

とささやいた。

あの乾という警部補がさっき電話してきたのだという。

監視カメラによって、病棟内から非常階段へ出る唯一の通路に絞られた二階には、ＳＵ－４８０の被験者たちの病室や診察室、娯楽室のほか、ナースステーションと耳鼻科と外科の病室がある。ただ、あの日、耳鼻科と外科の病室には入院患者はおらず、午後一時から二時までの間、ナースステーションに詰めていた三人の看護師たちはカルテの整理をしていた。つまり三人には全員が共犯でないかぎり、アリバイがある。また、その三人はナースステーション前の廊下を佐伯が通って娯楽室と非常口の方へ向かうのを目撃し、ほかに不審な人物が通るのは見ていないという。

もしあの時間帯にナースステーションの前を通った部外者がいないとすれば、病棟から非常階段に行けたのは、娯楽室にいた被験者たちと八島だけになる。

「ずっと廊下を見張っていたわけじゃないので、見逃した可能性もあるらしいけど」

と言う深田。

「ずいぶんくわしいんですね」

「熊井《くまい》が同期なんで」

熊井は三人の看護師のひとり。同期のよしみで聞き出したらしい。

警察は佐伯の転落に何者かの関与があったとの疑いを深めている。そして現場の非常階段へ行けた人物の絞り込みをおこなった。看護師たちの証言が、被験者たちへの再聴取につながったのだろう。

もし、被験者が事件にかかわっていると判明し、警察の本格的な取り調べを受けることになると、SU－480の治験にとって大きな痛手だ。

「聴取は治験のスケジュールの妨げにならないよう、警察にはお願いしましょう。わたしから連絡するわ」

八島は乾からもらっていた名刺を取り出し、電話番号を確認する。

もし、警察が被験者の中に犯人がいると確信したら、治験のスケジュールなど歯牙にもかけずに、取り調べを強行するはずだ。だから乾がこちらのスケジュールに合わせてくれているうちは、まだ犯人の確証が得られていないとの目安になろう。

乾に電話がつながり、前回と同じように治験のスケジュールの空き時間に聴取をおこなってほしいとの要望を伝えると、

「ええ、分かりました。では午後の採血のあとにお伺いします。そのとき、八島さんにも少しお時間をいただきたいんですが、よろしいですね」

と乾は言ってきた。

まだ自分も警察の捜査対象。気の重い事実をあらためて突きつけられた。

「ええ、結構です。ではまたそのときに」

と八島は電話を切った。


採血のあと、前回と同様に診察室で、警察が被験者たちから聴取をおこなった。

二度目ということもあるのか、聴取の所要時間はひとりあたり二、三分であっさりと終了して、
被験者たちは診察室から出てくる。

ただ亜館だけは、

〈僕には事件を解決するヒントをお伝えできます。乾さんと話をさせてください〉

と、やはり前回同様、診察室の外にまで響く大声を出して、ひっかきまわしている。

今回は自身で聴取をおこなわず、外で状況を監視している乾も苦い顔だ。

ほぼ被験者たちの聴取が終わるころになると、乾は八島のそばに近寄って、

「では、そろそろお話を伺いたいのですが」

「あっ、はい、分かりました」

八島の聴取は乾がおこなうらしい。

もしかして、今回の被験者の聴取はついでで、本当のターゲットは自分だったのではないのか。

乾は最後まで粘っている亜館の第一診察室を忌々しげに見つめたあと、八島とともに第三診察室に入った。

「まず、確認しておきたいのですが、前回伺ったお話に追加することとか訂正する点などはありませんか」

と乾は切り出した。

例の紙片のことが脳裏をよぎった。

「関係ないことと思って、前回、話しそびれてしまったんですが、『ＳＵ－４８０治験は呪われている。必ず失敗する』と書かれた紙が――」

黒タンのノートに挟まれていたと伝えた。乾は気のない様子でうなずき、

「ああ、それは黒井さんから、すでに伺っています。お伺いしたいのは、もっと個人的なことです」

「ご質問の意味がよく分からないんですけど」

「たとえば佐伯さんが転落したと考えられる時間帯の、八島さんの行動についてはどうですか」

「それでしたらまったく変わりません」

「では佐伯さんとのお付き合いが順調だったという点はどうですか」

「順調でしたけど」

乾はなにを気にしているのか。

乾はしばらく八島の顔をじっと見すえたあと、おもむろに口を開いた。

「八島さん、お子さんがいらっしゃいますよね。今年三つになる、祐樹《ゆうき》くんでしたっけ。現在はお母さまが引き取って育てられているそうですが」

神坂に堕胎したと告げたのは偽りだった。白鳥製薬を退職したあと、産科病院で出産したのだ。市西総合病院に就職が決まるまで、仙台の実家で母の協力のもと子育てをした。六年前、父が病死したあとも母は地元の貿易会社で事務の仕事を続けていたので、八島が専業主婦のように家事と育児をして、母が手助けをする役割分担だった。

八島の再就職が決まり、祐樹を母に預けて八島は単身C県に引っ越した。いずれ実家を売却し、母と祐樹とともにC県で一緒に暮らす予定だ。

祐樹のことは、神坂はもちろん、親せきや友人たちもほとんど知らない。世間を欺くつもりはないが、未婚の母を吹聴する必要もないだろう。

いずれ自然に他人の知るところとなり、静かに暮らしていけばいい、そんなふうに考えていた。

「たしかにわたしには子供がいます。でも、それが今回の事件となんの関係があるんですか」

八島が問うと、

「おそらく佐伯さんは八島さんと真剣に交際するつもりでいたのでしょう。八島さんもそのつもりだった。ところが佐伯さんはなにかのきっかけで八島さんに子供がいることを知った。もしかしたら、結婚を前提に付き合うつもりで、信用調査会社に調査を依頼したのかもしれない。

ともかく八島さんの秘密を知り、あの日、非常階段に呼び出した。佐伯さんは八島さんが子供の存在を隠していたことをなじったのではありませんか。そこで言い争いになり、なにかのはずみで八島さん、あなたは佐伯さんを突き落としてしまった」

覗き込むようにして見つめる乾のまなざしに、八島は動揺した。やましい気持ちからではない。警察からはっきりと容疑者扱いされたことがショックだったのだ。

八島はまっすぐに乾を見返し、首を横にふった。

「なにか誤解されているようですけど、交際はまだ本格的にはじまってもいませんし、相手のプライバシーを調べるような段階でもありません。

たしかに、祐樹のことは先生にお伝えしていませんでした。ただそれは秘密にしていたのではなく、まだその関係になかったからです。なので仮に先生が事実を知ったとしても、言い争いなんかになるはずがありません。わたしが子持ちであることを先生がどう受け取るかは分かりませんが、少なくとも、なじられたり責められたりする間柄ではありませんでした」

だから佐伯を突き落とす動機もないし、そもそも非常階段には行っていないので機会もない。

そう説明する八島に、乾はまだ納得のいかない表情で、

「あなたのお母さん、八島佐枝子《さえこ》さんは祐樹くんを連れてひと月前、引っ越しをされていますね。近所の人の話だと、突然、周囲にあいさつもなく越されたそうで。

持ち家で長年暮らした土地から逃げるように雲隠れしたのは、佐伯さんの調査の手が及ばないようにしたためではないですか。いまだ住民票を移していないのもそのためでは」

「ずいぶんとくわしく調べたようですけど、まったくお門違いです。引っ越しは前からの予定でした。こちらで同居するつもりで、前々から実家の売却を地元の不動産屋さんに相談していました。

急な引っ越しになったのは、母が退職後に入ったボランティアの会の会長さんからストーカーまがいの被害にあったためです」

そのことで地元の警察にも一度相談に行ったのだと伝えると、乾は「うーん」と唸ったあと、

「監視カメラに映らずに非常階段へ出られたのは、あなたと治験の参加者だけだ。佐伯さんと犯人がわざわざ人目につかない非常階段へ行ったのは、すでに両者の間になんらかのトラブルが存在していたためでしょう。しかし、たまたま治験に参加した人が、佐伯さんとトラブルを抱えるほど深い関係にあったとも思えない。とすると犯人はあなたしかいないことになるんですよ」

「犯人は病棟から出たのではなく、外から非常階段を上ってきたんじゃありませんか」

「たしかに一階から上ってくることはできたでしょう。ただ佐伯さんはナースステーションの看護師の目撃証言から、病棟側から非常階段へ出たと分かっています。とすれば、その道すがら娯楽室近くで犯人に声をかけ、一緒に非常階段へ行ったと考えるのが自然です」

そんな強引な推理で犯人と断定されてはたまらない。あらかじめ非常階段で落ち合う約束をしていて、佐伯が病棟から、犯人が一階から上ってきた可能性だって充分あるではないか。外から来たのだったら、容疑者の範囲は限りなく広がる。

ただ、帰国間もない佐伯に殺意を抱くほど深い関係を持っていた人間は多くない。

その観点では乾が言うように、被験者たちは真っ先に容疑者から除外される……。

(いや、そういえば)

八島の表情の変化に気づいたのか、

「なにか思いつかれましたか」

　と乾が問う。

「わたしの勘違いかもしれませんが、亡くなる前日、佐伯先生が治験の診察室前に来られたんです。そのとき、先生はなにかにおどろいたような顔をされました。たまたま空調機の故障で天井から水もれがあったので、そのせいかと思ったんですが、今、振り返るとそのとき廊下にいた被験者さんのだれかを見ての反応だったのかもしれません」

「佐伯さんが思いもかけず、知り合いの顔を見かけたというわけですか」信じたのか信じてないのか、乾の顔つきだけでは判じ難い。「おどろいた表情をされたとき、居合わせたのがだれだったかは覚えていますか」

「いえ、そこまではちょっと」

　娯楽室の天井から水もれが起き、八島は報せを受けて駆けつけ、被験者たちには診察室へ入るように指示した。そのとき、診察室前の廊下で佐伯とかち合ったのだった。背後には数名の被験者がいたはずだが、だれがいてだれがいなかったかまでは覚えていない。

「そうですか」

　そう言った乾の表情は、残念そうにも八島の言葉を疑っているようにも受け取れた。

　乾の事情聴取から解放され、治験管理室へ戻る廊下の曲がり角で、医師の羽山と鉢合わせになった。

「あっ、すみません」

八島がお辞儀をすると、羽山も、

「あっ、どうも」と小さく頭を下げ、すれ違いかけて振り向いた。「そういえば、六時からミーティングでしたね」

羽山は来月開始予定の治験で責任医師を務めている。八島はその治験でメインのＣＲＣではないが、いちおうスタッフに名を連ねている。

「はい、薬剤部横のＢ４会議室です」

「昨日、プロトコールをじっくり読んだら、検査の項目と手順に疑問点が見つかったんだけど、ミーティングのとき、質問していいよね」

これまで接した経験から察するに、羽山はまじめでかなり細かい性格だ。製薬会社の立場からすると、ＩＲＢも通過して来月スタートする治験の手順にいまさら物言いをつけられても困るはずだが、八島が介入する問題でもない。

「ええ、いいと思います。治験スタート前に疑問点を洗い出しておくのが今日のミーティングの目的ですから」

第四章　治験六日目

一

今日が前半の投薬期間の最終日だ。

八島はいつもより早く出勤し、娯楽室の隣の備品室へ向かった。備品室には治験用の資材や資料が保管されている。ＳＵ－４８０以外の治験の資材も多く、なかには高価な機材などもあるため、夜間は施錠して、毎朝、当番のＣＲＣが解錠するのだ。

「おはようございます」

「おはようございます」

ちょうど同時刻に出勤した院内の清掃や雑用をおこなう派遣の女性と備品室前であいさつを交わし、八島は扉の鍵を開けた。

八島が資材の確認をしている間に、派遣スタッフは冷蔵庫を開け、ドリンクのボトルを取り出す。娯楽室で被験者たちが飲むドリンクサーバーに補充する一・八リットル入りのオレンジジュースとアイスコーヒーだ。

八島も手伝ってドリンクのペットボトルや紙コップなどを娯楽室へ運ぶ。派遣スタッフがボトルのキャップを外してまずアイスコーヒーをサーバーに注ぎ、次いでオレンジジュースのキャップも開け、サーバーに注ぐ。

「あら」

ジュースを注ぎ終えた派遣の女性は空のボトルをごみ箱に捨て、視線の先の廊下を見つめて声をあげた。

つられて八島も廊下へ視線を向ける。廊下の床に染みが広がっている。その中心には連続した波紋が生じている。天井から水滴が垂れ落ちているのだ。

二

今日で治験前半が終了し、一日の休薬を間に挟み、また六日間の投薬がはじまる。ただし、それまで実薬を投与されていた者はプラセボに、プラセボを投与されていた者は実薬に置き換わる。

治験開始からずっと体調はいい。自分は実薬だったかなと坊咲は感じているが、そうすると明日以降プラセボになり、アレルギー症状がぶり返すかもしれず、不安が頭をもたげる。

坊咲がそんなことを思いながらベッドから出て着替えをしていると、ＣＲＣの八島が病室に顔を出した。こんな早くに来るのははじめてのことだ。

「なにかありましたか」

どこかあわてた表情の八島に、坊咲は声をかけた。

「すみません。また、水もれがありまして」

と八島は頭を下げた。

八島と派遣スタッフが娯楽室の準備をしていたときに気づいたらしい。

「えっ、じゃあまた娯楽室が使えなくなるの」

それまでベッドに横たわっていた亜館が飛び起きた。

「いいえ、水もれがあったのは娯楽室前の廊下ですので、今まで通り娯楽室は使用できます。ただ、工事が入るのでお知らせに来ました。あと警備員が廊下に立っていますけど、気にしないでください。被験者のみなさんは自由に出入りできますので」

と八島は告げて出て行った。隣の病室でも新貝たちへ同様に伝える八島の声が聞こえた。

「なんだかいろいろトラブル続きだな。またこのあとなにか大きな事件が起きなければいいいな」

とベッドの中でつぶやいたのは斎田。心配しているというより面白がっているような口調だった。

投薬前の医師の診察・検査が終わり、アンケートを書き終えると、

「それでは、こちらへどうぞ」

坊咲たちはＣＲＣの八島の言葉に従って列を作り、それぞれ自分の番号の薬を受け取る。被験者と薬の番号に間違いがないか、八島がリストと照らし合わせながら一人ひとり確認をしていく。すでに同じことを何度も繰り返しているので、被験者もＣＲＣも要領を得て、手順に滞りはない。

ただ八島の横顔には疲れがあるように見えた。通常の業務に加えて、転落事件や白骨事件騒ぎでよけいな手間に煩わされているのかもしれない。

坊咲はなるべく面倒をかけないよう心がけているが、亜館などは治験と関係のないふたつの事件について、八島や深田、今宮などに、やたら問いかけをして業務を妨げている。

見ていて気の毒なので止めようかとも考えたが、どうせ無駄だろうと思って行動は起こさない。

いつものように治験薬を服用し、三十分後の採血を終えると自由時間になった。

数名の被験者たちがすぐに娯楽室へ向かう。だいたいいつもその顔触れは決まっている。朝のドリンクメンバーと坊咲がひそかに名付けている者たちだ。坊咲もいっしょに行きかけたが、

「八島さん、乾さんからかなり厳しい取り調べを受けたんじゃありませんか」

との亜館の声に足を止めた。

振り返ると採血に使用した用具をワゴンの中にしまいながら、八島は戸惑ったような顔をしている。

「厳しいかどうか分かりませんけど、なんだか疑われているようで。しつこく家庭の事情まで聴かれて困りました」

「そりゃひどい。僕の推理だと八島さんは犯人ではありえないので、乾さんに抗議して聴取を中止させましょう」

自分もさんざん八島たちに質問を浴びせているくせに、と坊咲は心の中で突っ込みを入れる。そもそも、亜館に警察の捜査に介入する権限などあるはずがない。かえって警察を刺激して、八島たちがまずい立場に追い込まれるのではないか。

同じ懸念を持ったのか、八島はどこか迷惑そうに首をふり、

「いえ、警察の方もお仕事でされているのでしょうから、わたしも協力を拒むつもりはありません」

「そうだよ。だいたい君は自分の影響力を誇示したいがためか、なにかと自慢めいた話をするけど、それなら警察に協力して、とっとと事件を解決してみせろよ」

と斎田に責められ、亜館は頭をかいた。

「まあ、そう言われてもね。まだすべての情報が僕の手元に届いていないから。まっ、解決はいずれ時間の問題だけど」

とくに根拠があるとも思えないこの自信、いったいどこからくるのだろう。

坊咲のみならず多くの疑いの視線を感じたのか、亜館はもったいぶった口調で釈明する。

「ひとつだけ確かに言えるのは、あの転落事件解決のカギは、僕たち治験参加者たちが握っているということさ」

「どういう意味だ」

斎田が食らいついた。

「警察のこれまでの事情聴取の内容から推測すると、病棟の各階には監視カメラが設置してあって、非常階段へ向かう人の流れも記録されていたようだ。そしてほとんどの階のカメラは、非常階段へ行った不審者がいないことを証明した。ただし一カ所、この治験用の病室と娯楽室がある二階のカメラだけが故障して記録が残っていない。

つまり言い換えると、佐伯医師と犯人はこの二階を通って非常階段へ出たと推測できる。そしてナースたちの証言により、あの時間帯にそれができたのは、僕たち治験参加者だけ。ってことですよね、八島さん」

「それとあと、わたしですね。わたしも容疑者のひとりです。捜査情報をこんなふうにもらしていいのか分かりませんけど」

やや非難のニュアンスを含んだ八島の言葉だった。

「なあに構いませんよ」と亜館はこともなげに、「いずれ情報がもれることは、乾さんだって分かっていたはずです。ともかく、そういうわけで、好むと好まざるとにかかわらず、僕たちは殺人の容疑者となったわけで、今後もしつこく取り調べを受けることになるでしょう」

「そりゃご苦労さん。だけどおれにはアリバイがある。一緒にしてもらっちゃ困るぜ」

斎田が異を唱える。

「それは初耳だね。あの時間帯はゲームをしていた僕ら以外は、みな娯楽室を出たり入ったりで、だれもアリバイが証明されなかったと聞いているけど」

「ほかの連中はそうかもしれんが、おれには鉄壁のアリバイがあったのさ」

斎田は転落事件の日の午後一時から二時までの間、病院の事務室で書類の作成を依頼していたのだという。

「次の就職先への出社予定日が治験の終了日と重なっているんで、治験に参加していた証明書を出してほしいと交渉していたんだ」

「それで一時間も粘ったの？　いかにも用意しました、てなアリバイだね」

「はっ、負け惜しみか。すでに警察が裏を取って、アリバイは成立している」

「へえ、そうなんだ」

亜館は平静をよそおいつつ、内心の悔しさを隠しきれず、頬のあたりを引きつらせている。

いやな空気を振り払うように、八島が、

「でも、乾さんも認めてますが、外から非常階段を上ってきた可能性もあるはずですから、ほかに犯人が――」

いるかもしれない、と言いかけたのだろうが、その言葉は駆け込んできた深田の声にさえぎられた。

「八島さん、来て。娯楽室で急に気分が悪くなったって」

「えっ、だれが」

八島が質す。

娯楽室へ戻ろうと背を向けた深田が叫ぶように答える。

「四人よ、被験者さんたちが苦しがって吐いているの」

八島のすぐあとを追って、坊咲も亜館や斎田たちと娯楽室へと駆けた。かなり手前の廊下にまで、緊迫し飛び交う声がもれ響いていた。

水もれ修理の作業員と警備員も仕事の手を止めて、心配そうに娯楽室の中の様子をうかがっている。

娯楽室の中には、ソファや床に倒れ込んで嘔吐したり、ぐったりと横たわって身動きもしない被験者たちの姿があった。今宮とナースステーションから駆けつけた看護師たちが手当てをしている。ほどなく報せを受けた医師たちもやってきて治療にあたる。たまたま近くにいた医師が呼ばれたらしく、治験の担当医ではない。

「この人たち、なに飲んだの」

医師のひとりが質すと、八島が答えた。

「治験参加者で十分ほど前に治験薬を投与されています。ただプラセボの可能性も」

「じゃ、すぐにどっちだったか調べて。あと併用薬があったら教えて」

「併用薬はありません、全員」

八島が答え、携帯電話を取り出してかける。相手が出るのを待ちながら坊咲たちの方に顔を向け、

「みなさんは病室へ戻ってください。あとで伺います」

坊咲は亜館たちと顔を見合わせる。戦場のような娯楽室にとどまっては邪魔にしかなるまい。そろって廊下へ出かかると、

「待って」医師に呼び止められる。「同じ治験の患者さん？」

「そうです」

「だったら、このあと症状が出るかもしれないから、だれか一緒についていて。気分が悪くなったらすぐに報せて」

看護師がひとり付き添い、坊咲たちは病室へ戻った。

三

苦しむ被験者たちに医師と看護師が手当てにいそしむ前で、八島は携帯電話に耳を当てて待った。長くコールが続き焦りを感じたが、留守電にはならずハリスン製薬の添島が出た。

「市西総合の八島です。ＳＵ‐４８０を投与した直後なんですが、四人にＡＥ、いえ、ＳＡＥが出ました。治療のためブラインドの解除をお願いします」

八島はひと息にまくし立てた。

ＡＥ（adverse event）は有害事象。ＳＡＥ（serious adverse event）は重篤な有害事象である。

〈えっ――〉

さすがに添島はおどろいたように大声を上げ、絶句した。

「実薬を投与されている前提で治療をしてもらっていますが、原因をはっきりさせるためにもキーオープンが必要です。すぐにお願いします」

〈え、ええ〉添島は状況を飲み込むためか、少し間を置き、〈患者さんはどんな様子ですか。間違いなくSAEですか〉

「痙攣《けいれん》や嘔吐、意識障害、呼吸困難などがでています」

八島が説明をしていると、治験責任医師の榊原もあらわれ、治療に加わった。

「先生」八島は榊原に問いかける。「これはSAEで間違いないですよね」

被験者一人ひとりの容態を確認していた榊原は、

「SAEの定義ってなんだっけ」

ずっこけそうになる。治験責任医師を務めていても案外こんなものだ。

「死亡や死亡につながるおそれのあるもの。治療のために入院、または入院期間の延長が必要とされるもの。障害や障害につながるおそれのある――」

八島がSAEの定義をそらんじていると、榊原は途中で、

「ああ、SAEだ、四人とも」

「――添島さん、榊原先生は四例ともSAEとおっしゃっています。大至急、対応をお願いします」

〈分かりました〉観念したように添島は言い、〈すぐキーオープンの手続きを取ります。……ええと、SAEが出た四症例分だけですか。それともほかの患者さんもオープンにしますか〉

十人中四人の盲検の解除だったら、残りの六人で治験を継続できるかもしれない。その点を添島は気にしているのだろう。

「先生、キーオープンは四人だけですか、それとも全例ですか」

八島の問いに、榊原は治療の手を止めることなく即答する。

「全例だ。十人中四人同時にSAEが出たんだ。治験の継続は無理だろう」

もしSAEの四人が実薬なら、クロスオーバーで次にプラセボだった五人に実薬が投与される。同じSAEが出る危険は冒せない。榊原の判断は妥当だと思われる。

「全例のキーオープンをお願いします」

八島の言葉に、添島は、〈了解です〉と答えた。添島も治験の継続は無理だと理解したのだろう。

〈キーオープンの手続きをしたら僕もそちらへ向かいます。結果はすぐにメールで八島さんのアドレスに送られますので確認してください〉

添島との通話を切ると、八島は榊原に、いったん治験管理室へ戻り、メールでキーオープンの結果を確認すると伝えた。

すると榊原が厳しい表情で告げた。

「警察にも連絡した方がいい。これは治験薬の副作用じゃないかもしれない。なにか別の薬物を摂取した可能性がある」


治験管理室へ走り、黒タンに事態を伝えた。

「ほんとうに榊原先生が警察へ連絡しろって言ったの。間違いなく？」

信じられないといった様子で黒タンは問い質してくる。

「ええ、間違いありません。わたしはこれからメールでキーオープンの結果を確認しますので、黒井さん、警察へ連絡していただけますか」

いやな仕事を押し付けられた黒タンは困惑顔で、

「ちょっと娯楽室へ行って確認する」

と言い残し、治験管理室を飛び出した。自分の目で見ないと、警察へ連絡する決心がつかないのだろう。

パソコンを見るが、新着メールはまだない。

携帯電話が鳴った。知らない番号だが、添島のデスクの番号に近い。ハリスン製薬からだろうか。

「はい」

〈八島さん？　神坂です。ＳＵ－４８０の治験の患者さんにＳＡＥが出たと聞いたんだけど〉

神坂の声は緊張していた。

「はい、四人の被験者さんが投与後、とつぜん嘔吐して、今、榊原先生たちが治療にあたっています」

〈四人は実薬、プラセボどちらの投与群だったの〉

「今、キーオープンの結果を待っているところです」

もしＳＵ－４８０がＳＡＥの原因なら、開発そのものが中止になるかもしれない。ＳＵ－４８０に人生をささげてきた神坂は気が気でないはずだ。

〈患者さんの症状はそうとう悪いのかい〉

「分かりませんが、榊原先生はかなり深刻にとらえているようでした」

警察を呼ぶように言われたことを告げるか迷ったが、思いとどまった。

もし榊原の推測が正しく、ＳＡＥが別の薬物によるものなら、製造過程で治験薬に混入したか、病院内で摂取したか、ふたつの可能性が考えられる。

前者ならハリスン製薬の過失、後者なら市西総合病院の過失となる。

〈そうか……、添島がそっちへ向かったので、うちでできることがあれば、なんでも言ってくれ。私もずっと連絡が取れるようにするから。緊急のときは携帯にかけてもらってもいい〉

神坂はそう言って自分の携帯電話の番号を告げた。

八島は教えられた番号を新たに登録しなかった。以前の神坂の番号から変わっていなかったからだ。この三年間、一度もかけることはなかったが、登録は消去せずにずっと八島の携帯電話の中で眠っていた。

神坂との通話を終え、パソコンを見ると、新しいメールが届いていた。

知らないアドレスだが、件名にＳＵ－４８０の文字がある。キーオープンの結果を報せるメールに間違いない。盲検性を担保するため、治験薬のキーコードの管理は、ハリスン製薬とは別の会社に委託されているのだ。

メールに添付された薬剤割り付け表のファイルを開く。薬剤番号ごとに実薬とプラセボの表示がされている。

手元の被験者名と薬剤番号の対応表を照合する。

（やっぱり）

ＳＡＥが出たのはすべて実薬を投与された被験者だった。ということは、ＳＡＥはＳＵ－４８０由来なのか。

しかし、ＳＡＥは四人。ひとりだけ症状が出ていない被験者がいる。薬剤番号を見ると坊咲貴之だった。

割り付け表のファイルをプリントして、八島は急いで娯楽室へ戻った。

室内には榊原と黒タンだけで、ほかの医師や看護師、ＳＡＥの被験者たちの姿は消えていた。一方、床に残る嘔吐の痕、倒れた椅子や散乱したコップなどはそのままだ。

被験者たちは処置室へ運ばれたと、黒タンが説明した。深田と今宮もついて行ったようだ。

「で、どうだった」

榊原がキーオープンの結果を尋ねてきた。

「四人とも実薬でした」

八島が答えると、榊原は処置室へ電話をして、対応にあたっている医師に情報を伝えた。

電話を終えると榊原は、

「じゃあ、あとひとり、ＳＵ－４８０を投与された患者さんがいるんだね」

「はい、坊咲さんという三十代の方です。先ほどまではまったく症状が出ていませんでした」

「その人とほかの患者さんたちの症状を確認しておこう」

榊原とともに八島も被験者たちの病室へ向かう。娯楽室には警察の到着を待つ黒タンが残った。

病室で六人の被験者を榊原が診察する。六人に、ＳＡＥの四人の容態を伝えると、みな不安そうな顔をしたが、気分や体調の不良を訴える者はなかった。坊咲だけは診察室でバイタルを測定し、採血もした。

「どうやら、大丈夫そうだね」

坊咲の診察を終えると、榊原が言った。

ひとりだけとはいえ、ＳＵ－４８０投与群に無症状者がいる以上、原因がほかにあった可能性も否定できない。ＳＵ－４８０の薬効成分自体に問題がなくても、製造過程で異物が混入してＳＡＥを引き起こしたと考えられなくもないが、その場合、坊咲が服用した製剤にも異物は入っていたはずだ。ひょっとして坊咲が、ある種の薬物に抵抗性のある体質なのかもしれないが、それもこの採血である程度、目処がつくだろう。

処置室から今宮が戻ってきて、状況を報告した。

四人のうちひとりは非常に危険な状態にあり、あとの三人も意識が混濁しているという。

「僕も見てこよう」

榊原は処置室へ向かった。

今宮には坊咲の血液検体を検査室に持っていかせ、八島は娯楽室へ向かう。

娯楽室前の廊下で黒タンが緊張の面持ちで、だれかと話をしていた。話し相手が振り返る。乾であった。

「ああ、八島さん、ちょうどよかった。お話を伺おうと思っていたところです」

治験薬が投与された診察室とその向かいの病室、ＳＡＥが出た娯楽室は、警察により封鎖されることとなった。乾も今回の捜査に加わるらしい。

治験用の病室と娯楽室が使用不可となるため、被験者たちには早急に代わりの部屋を用意しなければならない。

八島が手配しようと携帯電話を手に取ると、

「それは僕と深田さんでやっておくから、八島さんは警部補さんに協力して」

と黒タンが言った。

黒タンたちに任せておけば、被験者たちのケアは大丈夫だろうが、八島を転落事件の犯人扱いする乾から、また事情を聞かれるのは気が重い。

八島は乾に問われるまま、ＳＵ－４８０治験の概要と薬剤投与の方法を説明した。

「ということは」乾は八島の説明の途中で口を挟んだ。「十人の患者には本当の薬と偽の薬、そのどちらが投与されているか、だれにも分からないというわけですか」

「はい、先入観や偏見なく薬の効果を判定するため、そういう形式の試験を実施しています」

「ただ、今回は榊原先生の判断で、だれにどちらが投与されているか明らかにしたんですよね」

「あのような緊急事態で、治療の面から実薬、プラセボのどちらを投与されているか知る必要がありましたので」

「それで問題の四人は、すべて本当の薬が投与されていると判明した」乾はそう言って顎のあたりをなでながら、「しかし、薬に問題があるなら、五人に異常が起きないとおかしい。榊原先生が警察を呼ぶようにおっしゃったらしいが、どう考えているんですかね」

「くわしくは榊原先生から直接お聞きいただいた方がいいと思いますけど、今回の有害事象は治験薬によるものではなく、なにか別の薬物が混入したためと判断されたようでした」

「まあ、だからわれわれ警察を呼んだんでしょうしね」独り言のように乾はつぶやいたあと続けて、「しかし、治験薬になにか異物が入っていたなら、ひとりだけ無症状だったのはなぜか。それと偽の薬の方には混入がなかったと思われますが、製造工程は別々なんですかね」

「実薬の方に異物が混入していたら、たしかにおひとりだけ——坊咲さんという方ですが——症状が出なかったのは不思議に思われるかもしれませんが、体質によって反応は様々ですから、そういうこともありえます。

あと、実薬とプラセボの製造についてはこちらでは把握していませんので、製薬会社の担当者にご確認ください。あと二時間くらいでこちらに着くと思います。ハリスン製薬の添島さんという方です」

「分かりました。そうしましょう。もし製造過程での異物混入ということなら、捜査は私の手を離れます。

しかし、この病院内で何者かの手によって異物が混入されたのなら、徹底的に捜査をしてその犯人を割り出します」

乾は「何者か」と「犯人」というところにアクセントを置き、じろりと八島に目を向けたように感じられた。考えすぎだろうか。

乾はいかめしい顔つきをやや緩め、

「でも、もし異物を入れた犯人がいて、特定の人物を狙ったとするなら、なぜ、実薬を飲んでいた人たちだけが被害にあったんでしょうか。狙われた四人全員が実薬だったのは偶然だったのか。それとも犯人には、だれに実薬が投与されているか分かっていたのか」

「先ほどご説明したとおり、だれがなにを飲んでいたのかは、だれにも分かりません。医師、被験者だけでなく、わたしたちコーディネーターも製薬会社の関係者もです」

八島は、コード番号だけランダムに割り振られた治験薬を被験者に投与するシステムをもう一度説明した。

「ですので、実薬を投与されている人たちだけを狙って異物を混入させるのは無理です」

ゆえに異物は製剤そのものに入っていた。

これなら八島や市西総合病院の責任にはならないが、乾は納得しかねるような表情で考え込んだ。

「特定のだれかではなく、治験の患者ならだれでもよかったという可能性もある。四人全員が実薬だったのは偶然ということも。ただ、どこかに落とし穴があるような気もします。実薬を飲んでひとりだけ無事だった人の話も聞きたい。鑑識の結果なども出てくれば、おのずと結論も見えてくるでしょう」

第五章　治験七日目〜八日目

一

「テレビつけて、ＮＨＫ。昨日のことがさっそくニュースになったみたい」

待合室のモニターに映っていたと、廊下を駆け戻ってきた亜館が息を切らして言った。

坊咲たちは、治験用の診察室と病室、娯楽室が警察に封鎖されたため、昨日の晩から外科病棟の二人用の病室に移っていた。坊咲は亜館と相部屋だ。

言われるままにリモコンのスイッチを入れると、たしかに画面には病院のエントランスとそのわきにマイクを持って立つ女性が映っていた。病院前に中継車が来ているらしい。

〈――こちらが治験中の患者十名のうち、四名が重体に陥った市西総合病院です。四名の患者はすべて画期的新薬と期待されている治験薬を投与されたあと、急に体調を崩したとのことです。現在、病院内で手当てを受けていますが、くわしい容態はまだ明らかにされていません。事件発生から間もなく二十四時間が経ち、このあと病院側からなんらかの発表があるものと思われます〉

「こりゃ、大変なことになりそうだな」

隣の部屋から来た斎田が、テレビ画面に目を釘づけにしている。

「まったくだ」めずらしく亜館も斎田に同調し、表情を曇らせる。「この事件が長く尾を引いて、女神コンテストの会場として病院の敷地が使えず、最悪、コンテスト中止なんてこともありうる」

斎田と同室になった村上も、

「深刻な事態です。ミス女神の誕生が見られないなんて悪夢としか言いようがない」

とため息をつく。

「そんなことを問題にしている場合ですか」坊咲は心底あきれ返った。「僕たちの仲間四人が今、生死の境をさまよっているんです。僕たちにだってこのあと、なにか健康に悪影響が出てくるかもしれない。もう少し真面目に考えた方がいいですよ」

口調が坊咲の意図以上に強かったのか、村上はたじろいだように身をすくませ、

「君以外はみんなプラセボだったわけだし、君にしたってもう一日近く、なんの症状も出てないんだから大丈夫でしょ」

亜館も同意のしるしにうなずいて、

「そう、そう、坊咲君は心配しすぎ。それより治験は中止でしょう。なのにここに足止めするなんて横暴きわまりない。僕たちはいわば被害者の立場なのに。少しくらいこの状況を茶化したってバ

チは当たらないよ」

昨日、病室を移されたとき、八島から説明があった。治験依頼者であるハリスン製薬との協議により、治験薬の投与は中断して、重篤な有害事象が出た被験者には必要な治療を、それ以外の被験者には経過観察をおこなう。また、警察からは、被験者にはしばらくの間、病院内にとどまって捜査に協力してほしいとの要請、事実上の強制を言い渡されていた。

「僕たちを容疑者とみなし、高飛びされないよう、病院内に軟禁しておくつもりかもしれませんね」

うがった見方をしたのは、大学生の新貝だ。

いつの間にか、ぶじだった被験者六人全員が坊咲と亜館の部屋に集まっている。

「まあ、いいじゃないですか」坊咲はみんなをなだめにかかった。「どうせ治験が続いていたら、あと一週間はここにいたわけですから。同じことでしょう」

「でも、もう治験薬はもらえない」村上が言った。「あなたは実薬組だったからまだましだけど、僕たち五人はプラセボをあてがわれたあげく、これからってときに治験中断なんだから救われませんよ」

「今日からは従来の抗アレルギー薬を処方すると八島さんも言っていたじゃないですか。治験の中止は残念ですけど、こればっかりはだれが悪いわけじゃないので仕方ないですよ」

坊咲の言葉に、亜館が黒縁メガネのツルを指で押し上げ、

「おや、おや、そう簡単に言ってもらっちゃ困るねえ。治験薬そのものに問題があったらハリスン

製薬の責任。なにか別の異物を飲まされた場合、過失だったら病院、故意に入れた犯人がいればそいつの責任。

あいまいな結論は許さん。僕は真相を究明するまで捜査にかかわり続けるぞ」

「また、そんなことを言って。昨日もさんざん乾さんとやりあったじゃないですか」

坊咲が苦言をもらすが、亜館は意に介するどころか、

「それでずいぶん事件の様相があきらかになったんだから、大いに意義があったというべきだろう」

と得意げな顔をした。

昨夜、坊咲と亜館が病室で夕食をとっていると、八島があらわれ、坊咲に乾が話を聞きたいと言っていると伝えた。

『食事がすんでからでいいですよ』

八島は言ったが、凄惨な事件を目の当たりにして食欲のない坊咲はほとんど食事に手を付けていなかった。

『いえ、すぐに伺います』

『ちょい待った』

口いっぱいに食べ物をほおばった亜館が呼び止めた。亜館は食欲旺盛で自分のプレートに、坊咲の分のおかずやデザートも取り込んでいた。

『僕もいっしょに行こう。事件のことをくわしく聞きたいから』

ティッシュで口を拭い、当たり前のようについていこうとする亜館に、八島が当惑顔で、

『ええと、乾さんは坊咲さんと一対一でお話しされるつもりのようですけど……』

『ああ、大丈夫』亜館はこともなげに、『いろいろ警察に貢献しているんで、乾さんも僕の要請は断れないんですよ』

しかし、診察室の前で待っていた乾は、亜館を見ると案の定、表情を険しく歪《ゆが》め、

『なんでいっしょにいる。君に用はない』

『まあ、そうおっしゃらずに。僕は警察のコンサルタントで、かつ坊咲君の代理人でもある。事情聴取に立ちあうのは当然ともいえます』

『頭に蛆《うじ》でも湧いているんか、君は。――おい、金子《かねこ》』乾は近くにいた警官を呼びよせ、『坊咲さんから話を伺う間、こいつが邪魔しないよう見張っていろ』

と亜館は閉め出され、坊咲はひとりで乾の事情聴取を受けたのだった。


「ですから、亜館さんが捜査に介入する余地はないんですよ」

昨晩の亜館と乾のやり取りを振り返り、坊咲が説得するが、

「なあに、あとで君と八島さんから話を聞いて、捜査の進展具合はすっかり分かったよ」

亜館の自信は揺るがない。

たしかに坊咲が伝えた乾とのやり取りと、八島から聞き出したわずかな情報から、亜館は事件の

概要を推測していた。

昨日の治験薬投与のとき、とくに異変はなかった。過去五回の投与時と変わらず、全員、服用したのは治験薬と水だけ。その水は深田が一本の二リットル入りのペットボトルから各自のコップに注いだものだ。

投与後、坊咲、亜館、斎田の三人は病室に戻り、ほかの七人は娯楽室へ行き、そのうち実薬を服用していた四人がわずか十分後に重体に陥った。

娯楽室へ行った七人中、五人が娯楽室でドリンクに口をつけている。ドリンクを飲んでひとりだけ無事だった村上はウーロン茶を、ほかの四人はドリンクサーバーからオレンジジュースを飲んでいた。とすると、異物混入がつよく疑われるのはオレンジジュース。

サーバー内のオレンジジュースは濃縮液を水で三倍に薄めている。濃縮液と希釈用のミネラルウォーターは備品室の冷蔵庫に入れられていた。

四人が飲んだオレンジジュースは昨日の朝、派遣のスタッフが未開封のボトルからサーバー内に注いだ。派遣スタッフは病室の清掃や備品の補充などをしており、八島がそばにいて異物を混入させる機会はなかったと思われる。

警察はオレンジジュースの濃縮液やミネラルウォーターが入っていたボトル、使用した紙コップなどを押収し、分析を急いでいる。

娯楽室の隣にある備品室の扉は夜間のみ施錠され、鍵は治験管理室長の黒井、ほかに八島など数名のＣＲＣが持っている。

昨日の朝八時、八島が備品室の鍵を開け、派遣スタッフがドリンク類や紙コップの補充をした。一昨日も被験者たちはオレンジジュースなどのドリンクを飲んでいるが不調を訴える者は出ていない。ドリンクに問題があるとすれば、昨日の朝、ボトルから注がれた分に違いない。

冷蔵庫のオレンジジュースは、一週間前に業者が段ボール箱で搬入した。ひと箱一・八リットル入りボトル六本入りで、一昨日の朝に段ボール箱から、冷蔵庫に入れられたことも分かった。

オレンジジュースの製造過程での異物混入は考えにくく（同ロット製品がすでに数週間前から市西総合病院内のみならず関東一円で消費されていて、まったく被害報告がない）、異物混入は備品室に搬入されたあとになされた可能性が高い。

「と、ここまでが明らかになったことだけど、君たちはどう考える」

亜館に問われて、

「どう考えると言われても」

坊咲たちは顔を見合わせた。

「事件解決への手がかりをどう考えるかだよ」亜館はじれったそうに、「まず、異物がオレンジジュースに入れられたと仮定してみよう」

「どうしてさ。ミネラルウォーターの方に入っていたかもしれない。紙コップが汚染されていた可能性だってあるだろう」

斎田が横やりを入れる。

「絶対ないとは言えないけど可能性は低いね」亜館は言った。「オレンジジュースと水のどちらかに異物を入れるなら、オレンジジュースの方がばれにくい。紙コップに付着した程度の毒であればどの症状が出るか疑問だし、たまたま実薬を飲み、同じジュースを飲んだ四人の分だけ紙コップに毒が付着していたというのも不自然だ。

まっ、いずれにせよ、まもなく警察の鑑定により、なにどんな異物が入っていたかは明らかになるはずだ。それまでの思考実験として、いちばん可能性の高いオレンジジュース限定で考えるのも的はずれじゃないだろう」

異論が出ないのを確認し、亜館は続ける。

「何者かが意図的に異物を混ぜたとすれば、その機会はオレンジジュースがボトルからサーバーに注がれ、四人が飲むまでの間に限られる。

そこから一段思い切って推理を飛躍させ、僕は異物混入の犯人を、この治験の関係者に限定できると言いたい。つまり容疑者は僕たち被験者と八島さんたちＣＲＣだ」

亜館の意見に、坊咲のみならず、全員が反発した。

「そんなバカな話があるか。病院の廊下にはドアも鍵もない。だれだって入ってこられる。娯楽室や備品室にこっそり入ってジュースに毒を入れるのは簡単だろう」

斎田がみなを代表する形で言ったが、坊咲も同意見だ。

しかし、全員から不審の目を注がれても亜館はまったく動じるふうもなく、

「では説明しよう。斎田君は、病院の廊下にはだれでも入れると言ったけど、突き当たりの非常扉は外側からは鍵がなければ開けられない。

とすると犯人は逆側のナースステーション前の廊下から近づいたと推定できる。もし部外者が娯楽室へ入ろうとすれば、病室の僕たちやナースステーションの看護師たちに目撃される危険を冒すことになる。そんなリスクを負って部外者が侵入するだろうか」

「するかもしれないだろ。だいたい毒を盛って大勢を殺そうなんて奴はまともじゃない。だれに見られようと気にもしないかもしれん。それに二階の監視カメラが止まっているのも犯人には有利に働く」

「そこだよ。二階の監視カメラが止まっていることを知っているのはごく一部の人間だ。警察、警備会社、配管工事の管理者、それと僕たち治験の関係者だけ。その中で異物を混入させる機会と動機のあるのは僕たちとCRCだけだと言っても過言じゃない」

「……だ、か、ら」斎田はうんざりした表情で、「犯人はカメラなんかお構いなしに毒を入れたかもしれないって言ってんだろ。動機さえなく、発覚も逮捕も恐れないヤベー奴が犯人だったんだよ、きっと」

「ではその可能性がありえないことを証明しよう。まず、娯楽室と備品室へ行く通路がナースステーションの前を通る廊下しかないことは説明したよね。昨日の朝、また天井から水もれがあって娯楽室前の廊下は封鎖された。治験の医師やCRC、僕たちは理由を言って通り抜けできたけど、それ以外の者は通れなかったし、もし無理に通ったとしたら、警備の人が覚えているはずだ。あと治験の先生は娯楽室へは近づいていない。つまりこの時点で容疑者は僕たちとCRCに絞られる」

「どうかねえ」斎田は懐疑的に、「警備員が被験者全員の顔を知っているわけじゃなし、被験者のふりをして侵入するのはそんなに難しいとも思えん。

仮にその言い分を認めても、今朝より前に侵入者が備品室に入って冷蔵庫のオレンジジュースに毒を入れた可能性も排除できないだろう」

「じゃあ、次にその点を考えてみよう。朝、備品室の鍵が開いたあとは侵入者が毒を入れる機会がなかったとすれば、その前の夜間、備品室に入れたのは鍵を持っていた黒井さんとＣＲＣの治験関係者だけ。

では一昨日の日中はどうだったか。たしかに備品室に鍵はかかっていないので、君の言うようにだれでも入れたかもしれない。だけど、ここで思い出してほしい。冷蔵庫から出されたボトルは未開封だった。もし異物が混入されていたなら、ボトルのキャップはリングから外れていたはずだ。そうしたら派遣スタッフがボトルは一度開けられていることに気づいただろう。しかし、そうは証言していないようだ。

つまりオレンジジュースへの異物混入はボトルからサーバーに注がれた昨日の朝以降となる。そしてさっき言ったように、そのサーバーに近づけたのは、僕たちとＣＲＣだけだ。これで納得してもらえたかな」

昨日の朝の封鎖を通り抜けた部外者の可能性を完全には排除できないなどの穴は気になるが、一定の説得力はある。

みな押し黙っている中で、ひとり村上が口を開いた。

「でも一昨日《おととい》から監視カメラは作動しているはずです」

「ほんとうか」

斎田の問いに、村上はたまたま警備会社の人間が再設定する場に行きあったと告げ、

「もしかすると水もれでまたストップしたかもしれないけど、そうでなければ、娯楽室と備品室の入口の様子はすべて分かるはずです。もしそこに僕たちかCRC以外の不審者が映ってなかったら、亜館さんの言うとおり、僕たちかCRCのどちらかが極めてあやしいということになりますね」

二

お昼のNHKのニュースで、SU－480治験が取り上げられるらしい。もちろんいい話題ではなく、被験者四人にSAEが出た件だ。また、午後にはこのことについて、病院側からなんらかの発表もされるという。

早朝出勤した八島は治験管理室にいた黒タンからそう聞かされた。

「十時から対策会議が開かれる。僕と八島さんは呼ばれているから、質問に答えられるよう準備しておいて」

昨日も院長主催の会議に呼び出され、事件の経緯をくわしく聞かれた。

四人の被験者の容態の変化や捜査の進捗状況などの新情報を受けて、今日も会議をおこなうようだ。

「小島さんたちの容態はどうなんですか」

「かなり悪いようだ。くわしいことは僕も知らない。でもこれほどの劇症だと、ちょっとSU－480のせいとは考えづらいよね。作用機序や動物実験のデータからしても」

黒タンは表情を曇らせた。

治験薬が原因でないと病院側の、さらには実施していた治験管理室の責任問題になる、と心配しているのだろう。


九時過ぎ、ハリスン製薬の添島が治験管理室に顔を出した。昨日、SAEの連絡を受けて来院し、八島から情報を収集したあと、営業担当のMRと一緒に医局や病棟を回って、被験者の治療にあたった医師や看護師からも話を聞いたらしい。

「昨日の段階では、原因はまだ不明とのことでした」

「わたしも今のところそう聞いています」

「じゃあ、SAE報告書の追加情報はまだなしですね」

SAEが発生した場合、治験責任医師がそれを知ってから二十四時間以内に、病院長と製薬会社へ報告しなければならない。すでに八島が昨日の段階で報告書の記入可能な項目だけを埋めて榊原からサインをもらい、第一報は提出している。

「さっき神坂と電話で話したんですけど、なるべく早くこちらに顔を出したいと言っていました。本社でもいろいろ対応を考えているようです」

「病院もこれから対策会議です。マスコミが嗅ぎつけたらしいので」

「そうですか。もうSU－480で問題が起きたことが知れ渡っているらしく、株価もいきなりストップ安になってしまって……」

暗澹《あんたん》とした顔で言ったあと、首を横にふり、「あっ、すみません。それどころの話じゃないですよね」

添島は自社の治験で問題が起きたことに恐縮しているが、原因が病院側にあるとなれば、謝らなければいけないのは八島の方だ。

「まだ原因がはっきりしないんですから、そのうち株価は戻るかもしれませんよ。警察も捜査をしていますし」

八島がなぐさめの言葉をかけると、

「そうだといいんですけど……。乾という刑事さんと昨日少しお話をし、また今日も話を聞きたいと言われていて、このあとお会いする予定です」

そうか。たしかプラセボの製造の件を尋ねるって言ってたっけ。SAEの被験者はすべて実薬だったので、もう重要な情報ではないだろうが。

あらためて八島が質問すると、プラセボの製造はそれを専門に作っている会社に外注して、パッケージングだけハリスン製薬社内でおこなっているという。

「へえ、そうなんですね。はじめて知りました」

「僕も乾さんに聞かれて、会社に問い合わせてはじめて知りました」

製薬会社に勤めていても、案外知らないことは多いものだ。

十時、八島は黒タンとともに、病院長室と同じ棟にある大会議室の扉を開けた。室内には病院長、副院長、各科の部長、薬剤部長、事務長や弁護士のほか、八島が知らない顔もあった。陸上競技のトラックのような大テーブルを囲み、一様に深刻な顔を突き合わせている。

八島と黒タンは議論に参加するわけではないので、テーブルから離れた壁際の席に座った。

病院長が手短に冒頭のあいさつをし、すぐにこれまでに明らかになったSAE発生とその後の経過をざっと説明した。病院長の話に目新しい事実はない。昨日、黒タンと八島で病院長に説明した内容をほぼそのまま繰り返している。経過の説明を終えると、病院長は治験責任医師の榊原へ尋ねた。

「現在の被験者の容態はどうなっています？」

「四人ともシリアスな容態ですが、とくにそのうちのおひとり、小島さんという方が予断を許さない状況です」

「SAEの原因は分かりましたか」

「症状からして、パラコート中毒だと思われます」

病院長は険しい表情になった。

パラコートはきわめて強い毒性を持つ除草剤である。細胞内に取り込まれるとタンパク質やDNAを破壊し、ショックや呼吸不全で死に至る。解毒剤や特効薬はなく、大量に摂取していれば治療が困難な毒物だ。

事務長や弁護士など医学専門家でない出席者に簡単にパラコートの説明をしたあと、病院長は続

けて、

「しかし、パラコートだったら、だれかが飲む前に気づくか、飲んでもすぐに吐き出さなかったんですか。四人がいっせいのせで飲み込んだわけじゃないでしょう」

市販のパラコートは誤飲防止のために、青色に着色され、苦味剤や催吐剤、臭気性物質が添加されている。覚悟の集団自殺ならともかく、四人そろって誤飲するとは考えにくい。

「どうやらこのパラコートは市販のものではなく、原末《げんまつ》じゃないかと」

「そんなもの、手に入るんですか」

おどろく病院長に、榊原は首をふり、

「製造工場や研究室などには置いてあるでしょうが、厳重に管理されているはずです」

「警察はこのことを知っていますか」

「先ほど乾警部補に被験者の容態を聞かれたときに話しました。警察でも飲料の残りや残薬を調べていますので、いずれはっきりすると思います」

「うーん」病院長はますます眉間のしわを深くして、「治験薬の製造過程でパラコートが混入した可能性はありますか。どうです、黒井さん」

「あっ、はい」黒タンは弾けるように立ち上がり、「ないとは思いますが、ひょっとすると……」

自信なさげな黒タンの返答に、病院長が苛立たしげに、

「どっちなんだね」

問い詰めるも、黒タンが返答できないでいると、弁護士が助け舟を出す。

「もし、製造過程での混入なら責任はメーカーにあり、特段の対策は不要です。この会議では、院内で故意か過失で混入した前提で対応策を考えておくべきでしょう」

ということで、焦点は六日目の治験薬投与の手順と四人の被験者が投与前後に摂取した飲食物となった。

ここで八島が指名され、投薬から事件発生までの経緯の詳細を説明した。すでに医師たちの数名は前日に聞いているが、はじめて聞く弁護士はメモをとっている。

倒れた四人の被験者が飲んだオレンジジュースが備品室の冷蔵庫に保管されていたこと、ボトルのキャップは事件の朝、開封されたことを説明したあと、娯楽室の位置や、その朝、娯楽室前の廊下の天井から水もれがあって通行が制限されていた件に触れると、

「お話の途中すみません」弁護士がメモから顔を上げて、「今のご説明ですと、事件の朝、冷蔵庫からオレンジジュースを出してドリンクサーバーに注いだあとパラコートが混入した可能性が高いと思いますが、その理解で間違いありませんか」

治験六日目の朝、備品室の鍵を開けた八島は、派遣スタッフがオレンジジュースのボトルを冷蔵庫から取り出してドリンクサーバーに注ぐ場面に立ちあっている。

その直後、廊下で水もれ事故があり、八島も派遣スタッフも娯楽室を離れて戻らなかった。

それほど注意深く見ていたわけではないが、すぐそばにいたので、もしサーバー注入時にパラコートを混入していれば気づいただろう。また、真新しいはずのボトルのキャップが開封されていれば、派遣スタッフがその場で八島に事実を告げたはず。仮にそのときはなにも言わなくても、警察

にはそう証言したに違いない。

「派遣さんにくわしく聞かないと断言はできませんが、キャップが開いていなかったら、サーバーに注がれたあとで毒が入れられたことになると思います」

「そのスタッフの方にはあとで会って直接話を伺いましょう」弁護士は事務長にその手配を頼んだあと、八島の方に顔を向け、「それであなたの考えが正しいとすれば、パラコートの混入ができたのは、ごく限られた人たちだけになります」

弁護士はそこで言葉を切り、出席者たちが状況を飲み込むのを待った。

しばらくして病院長が重々しく口を開き、

「つまり、パラコートを盛った容疑者は、治験にかかわる人間、ＣＲＣか被験者に限られるということですか」

「必ずしもそうとは言い切れないはずです」黒タンが抗議の声をあげた。「水もれのあと警備をすり抜けて娯楽室に入った部外者がいないとも限りません」

「この階の監視カメラの映像はないんですか」

外科部長が問うと、

「一時期、止まっていましたが、一昨日からまた作動しています。映像はすでに警察に提出ずみです」

事務長が答えた。

「容疑者の絞り込みは警察の捜査を待つとして、いずれにせよ、治験中の事件ですので、今後、病院側の管理責任は問われる可能性が高いでしょう。ただ、三時半からの記者会見では、原因はまだ不明で、警察の捜査に全面的に協力すると表明するにとどめておいた方がいいかもしれません」

「そうですねえ」病院長はうなずいたあと、八島と黒タンに、「とりあえず、ここまでで結構です。ご苦労さまでした。また、尋ねることがあるかもしれないので、連絡はすぐにつくようにしておいてください」

大会議室を出て黒タンと治験管理室に戻った。業務は立て込んでいるのに、なにから手を付けていいのか分からない。黒タンは先ほど病院長から問い詰められた件を気に病んで、

「ああ、冷静に考えれば、治験薬の製造過程でパラコートが混入する可能性なんてあるはずないよなあ。きっぱりそう答えればよかった」

とデスクに両肘をついて頭を抱えている。

「しょうがないですよ。あんなこといきなり聞かれても、的確な返答なんてできませんよ」

八島はなぐさめの言葉をかけた。

しばらくして、SU‐480の無事だった被験者たち六人の病室に行っていた深田と、集中治療室にいる四人の容態を聞きに行った今宮が、戻ってきて変化がないことを報告した。

ようやく立ち直ったのか、黒タンは顔を上げ、八島たちに言った。

「ともかく、僕たちは落ち着いて目の前の仕事をこなしていこう」

三

ニュースでも病院側からなんらかの発表があると報じていたが、三時半に記者会見がおこなわれると亜館が聞きつけてきた。

「僕たちも記者会見、見学しよう。こんな機会はそうそうないからね」

亜館はみんなに声をかけたが、斎田は、

「おれはいいよ。どうせあとで要点はニュースで流れるだろう」

と断り、新貝と影山もやりかけの将棋の勝負をつけたいと、盤面から顔を上げずに答えた。村上はどこへ行ったのか、姿が見えない。

「じゃ、僕たちだけだね」

従うのは決定事項と言わんばかりの亜館の態度には少々腹が立ったが、

「僕もどうしようかなあ」

との迷いのポーズも無視されて、仕方なくあとについて行く。

なかなか来ないエレベーターを待つ間、黒縁メガネをいじりながら窓の外を眺めていた亜館が、

「興味深い。じつに興味深い。見てごらんよ」

と指さした。

搬入口の近くの駐車スペースだ。業者のバンが数台並んでいるそばに、村上とＣＲＣの深田の姿

があった。深田はこちらに背を向けており、村上は笑っているような、困っているような、とらえどころのない表情をしている。どうやら、深田になにか言われて、返答に窮している様子。

「なんだと思う?」

「なんですかねえ、深田さんに告白されているとか」

「まさか、そんなはずないでしょ」

「どうしてです。ふたりともいい歳だし、そんな関係になってもおかしくはないですよ」

「いくらなんでも急展開すぎる。村上さんもプレイボーイってタイプじゃないし」

「じゃ、なんなんです」

村上と深田が立っていた駐車スペースに業者のバンが近づいたため、ふたりは場所を変えて話を続けるためか、向かいの建物の陰に移動して姿が見えなくなった。

「おそらく、あのふたりは以前からの知り合い、すくなくとも顔見知りだった。今までもそんな気配があったでしょ」

「そうでしたっけ」

娯楽室で深田が村上につれない態度をとっていたのは記憶にある。あれがふたりの関係性を暗示していたのか。しかし、だとしても、なぜ秘密にしているのだろう。坊咲が疑問を呈すると、

「もしかすると事件と関連があるのかもしれない。それは僕の予想と相容れないんだけど。まあ、いずれにしても面白い展開になってきたよ」

ようやくエレベーターが来たので、坊咲と亜館は乗り込んだ。

四

午後三時過ぎ、黒タンが席を立った。

「そろそろ記者会見だ。ちょっと行ってくる」

「わたしも行きます」

八島もあとを追い、東館のエレベーターに乗った。途中の階で羽山が乗ってきた。

八島と黒タンがあいさつすると、

「なんだかすごいことになっているね」

根がまじめな羽山は困ったといった口調。

「すみません、お騒がせして」

黒タンが頭を下げた。

治験中におきた事件で騒ぎになっているのでしかたないが、まだなにが原因かは判明していない。どこか釈然としなかったが、八島も黒タンに倣って頭を下げておく。

羽山は途中の階で降り、エレベーターは大会議室のある最上階に着いた。

フロアはすでに記者やテレビ局のスタッフらしい人であふれていた。

事務の木村比呂美たちが廊下で交通整理をして、大会議室への入室を制限している。入口から中を覗くと、トラック形の大テーブルが撤去された室内には、前方に長方形のテーブルが置かれ、その向かいに記者用のパイプ椅子が並べられていた。すでに満席で立ち見もいる。

八島と黒タンは大会議室への入室をあきらめ、会見の模様がモニターで視聴できる別室に入った。そこにもパイプ椅子が置かれ、かなり大勢の人で混み合っている。なぜかその中に被験者の亜館と坊咲の姿もあった。八島は黒タンとともにいちばん後方の席に着いた。

午後三時半、大会議室前方のテーブルだけが映っていた静止画のようなモニター画面に、事務長と病院長、榊原が入ってきた。病院長と榊原が着席して、事務長が横のスタンドマイクの前に立つ。事務長が記者席に向かって一礼して、

〈本日はお忙しい中、お集まりいただき、恐縮でございます。これより昨日、本院で実施中の治験で四人の被験者さまが重症になった件につきまして、病院長と当該治験の本院における責任者よりご説明させていただきます。ご質問に関しては説明のあとお受けいたしますのでご了承ください。それでは院長、よろしくお願いいたします〉

事務長の紹介を受けて病院長はカメラに向かって一礼し、今回被害にあった被験者たちへのお詫びの言葉を述べたあと、治験の概要と昨日の投与後に起きた事象を説明した。そのあとを榊原が引き継ぎ、被験者の容態と治療について語った。

榊原の話が終わり、事務長が質問を受け付けると、いっせいに手が挙がり、指名された記者が質問を発した。

〈今回被害にあわれた方たちは全員、ハリスン製薬のＳＵ‐４８０を服用されていたとのことです

が、原因はこの治験薬にあるとお考えですか〉
病院長と榊原が一瞬、顔を見合わせたあと、榊原がマイクに口を寄せ、
〈治験薬だけでなく、服用の際、使用したコップ、水、またその後に飲用したジュースや水についても、現在、警察が鑑定をおこなっているところです。
ただ、有害事象が起きた状況や、被験者さんたちの症状からして、治験薬に問題があったとは考えにくいかと思います〉
榊原の言葉に、会場はざわついた。指名されるのを待たずに別の記者が、
〈では、なにが原因だったと考えられますか〉
〈おそらくパラコートと考えられ、その前提で治療にあたっています。パラコートは除草剤として使用されるきわめて毒性の強い物質です〉
〈治験薬の製造過程でパラコートが混入したということはないですか〉
〈それについては現時点ではなんとも分かりかねます。先ほど申し上げたように、被験者さんが口に触れたりして、体内に摂取した可能性のあるすべての物を警察が調べているところです〉
〈そのパラコートは、病院内に置かれている薬物なのですか〉
〈いえ、医療用品ではなく院内の薬局でも扱っておりません。また、敷地内の除草作業などにもパラコートは使用されていないことを確認しています〉
〈では外部から何者かが持ち込んで、意図的に被験者たちに飲ませた疑いが強いのではありませんか〉

本質をついた質問に榊原が返答に詰まると、八島の胸まで苦しくなった。

もし治験薬以外のなにかにパラコートが混入されたのだとすれば、治験を実施していた八島たちCRCにも責任の一端はある。

病院側の責任が厳しく問われる展開となれば、スケープゴート探しがはじまる。担当CRCの八島はその格好のターゲットとなろう。

その後も質疑応答は続き、被験者たちの容態についての話題が一段落すると、挙手をした記者が新たな問いを投げかけた。

〈病院長にお伺いしたいのですが、この病院内で数日前、耳鼻科部長の佐伯医師が転落死されていますが、そのことと今回の事件にはなにか関連があるとはお考えになりませんか〉

まったく想定外の質問だったのか、病院長は一瞬、目を泳がせながらも、

〈先日の転落事件については、現在、事故、自殺など、さまざまな方向から警察が捜査をおこなっていると聞いています。ただ今回の治験の事象と関連があるとは承知しておりません〉

〈しかし、たしか佐伯医師は、アメリカで今回のSU‐480と同じ治験に携わっておられたんですよね。これを偶然の出来事とお考えですか〉

記者は事前の下調べを入念におこなって質問しているようだ。

〈その点についてはなんとも申し上げかねますが、いずれにせよ、病院としては警察の捜査に全面的に協力をして、一日も早い原因究明と、患者さまの健康回復に努めていく所存です〉

とやや強引に病院長は締めくくりの言葉を発して、会見の幕引きを図った。記者たちはそうはさ

せじとさらに新たな質問を浴びせる。

会場が騒然とする様子をモニター越しに見ていると、背後から声をかけられた。

「八島さん」

振り返ると乾警部補がかがみこんでいた。

「なにかご用ですか」

「ええ」乾はなんの感情もうかがわせない顔つきで、「捜査が進み、また、新たな情報をつかみまして」

「新たな情報？」

「はい、どこか場所を移してゆっくり話しましょう」

「どういう情報でしょうか。ごらんのとおり、今はわたしたちも大変な状況ですので」

八島は病院長が汗を浮かべながら応答するモニターを目で指す。乾は冷たいまなざしで八島を見返し、

「じつは佐伯さんが転落死される前に、あなたと口論していたという目撃情報が得られまして。くわしく事情を伺いたいんですよ」

手ごろな会議室の空きが見つからず、治験管理室の近くのスペースに乾を招いた。

ここは治験の相談に来た人と話をするときに使用する場所で、もともとは自動販売機が並んでいた休憩所だ。今は椅子とテーブルのほかにすりガラスの衝立《ついたて》が置かれて談話所となっている。よほ

ど大声で話さなければ内容はもれないし、廊下から姿を見られることもない。

テーブルを挟んで八島と向かい合わせになると、乾が口を開いた。

「先ほどお話ししたように、あなたは佐伯さんと仲たがいをしていた。なのにそのことを以前お聞きしたとき、明確に否定しました。つまり嘘をついた。ひとつ嘘をついたとなると、ほかにもっとついているかもしれない。すべて正直にお話しくださいよ」

嘘つき呼ばわりは心外だが、正直でなかったのはたしかだ。

「とつぜん亡くなられたことに動揺して、直前にあったちょっとした諍《いさか》いについて言いそびれてしまいました。でも本当にたいしたことじゃないんです。いまさら言っても信じてもらえないかもしれませんけど」

「たしかに額面どおりには受け取れません。目撃者は、転落事件が起きた日のお昼ごろ、つまり事件発生の推定時刻の一時間ほど前、あなたと佐伯さんがかなり強い口調で言い争いをしていたと証言しています。間違いないですね」

ひと気のない中庭だったので、だれにも気づかれないと思っていたが、甘かった。

「ええ、間違いありません。でも申し上げたように、ちょっとした諍いで、深刻なことじゃありません」

「具体的に教えてください」

「原因は前に乾さんがおっしゃったわたしの子供のことです」

八島は、最後となった佐伯との会話を振り返る。

昼前に治験管理室に顔を出したときから、佐伯の顔はこわばっていた。ちょっと話したいというので廊下に出たら、さらに外来棟と病棟の間にある中庭まで連れていかれた。それでよほど人に聞かれたくない話題なのだと悟った。

木立とベンチの間で立ち止まると、佐伯は神経質に周囲を見わたし、白衣のポケットから折りたたまれた紙を取り出した。

『昨日、こんなものが届いた。君に関することだ。これは事実なのかい』

佐伯の表情から、なにが書かれているのか、おおよそ見当がついた。ただだれがそのことを知り、佐伯に報せたのかは、まったく見当がつかない。

『嘘なら嘘だと言ってくれ。もし釈明があるのなら聞きたい』

プリントアウトされた文字を目で追う八島の耳に、佐伯の切実な声が響いた。

「待ってください」八島の説明を乾がさえぎった。「プリントアウトされた紙は今、あなたが持っているんですか。佐伯さんの身辺からは見つかっていませんが」

「わたしが受け取りましたが、あとで破り捨てました。プライベートに立ち入る卑劣な内容の手紙でしたから」

「しかし、それは紛れもない事実だった。それで佐伯さんはあなたを責めたんですね」

「ええ、でも何度も言いますが、そこまで深刻な話じゃありません。事情を説明したら、先生は分かってくれました」

「本当ですか」乾は疑わしげに八島の顔を覗き込み、「目撃者の話だと、あなたたちはしばらく激しく言い争っていたそうじゃありませんか。そして引き止めようとするあなたを振り切って佐伯さんはその場を去った。だいぶニュアンスが違いますね」

おそらく目撃者は病棟の廊下の窓から中庭を見下ろしていたのだろう。一部始終を見られていたわけだ。

「いきなりショッキングな話を聞かされたんで、先生も動揺していたとは思います。でも、わたしと会う予定が手帳に残っていたということは、まだ、関係が断ち切れたわけじゃないと思います」

「どうでしょうかね。単に消し忘れた。もしくはそのあとすぐに転落死したので、消す暇がなかっただけじゃありませんか」

いや、それは違う。佐伯は怒っていたが、もう一度会って話をしたいという八島の頼みは了解したのだ。

(そしてそのあと……)

なにか気になる不自然な態度を示したのだ。


『どうしたの』

八島が尋ねると、佐伯はなにかが心に引っかかっているような、ためらいの表情で、

『君の治験の——、いや、なんでもない。今度会ったときに話す』

そう言って佐伯は背を向けた。

八島は足早にその場を去る佐伯に声をかけたが、佐伯は振り返ることもなかった。なにかの確証を得るため、ある場所へと急いでいるのだ、そんな印象を持った。

「きっと目撃者の方は、その場面をご覧になって喧嘩別れをしたと誤解されたのでしょう」

乾はじっと考え込んでいる。事実なのか、ただ事態を混乱させるための虚言か、はかりかねている様子だ。

「佐伯さんが心に秘めていたことについて、なにか心当たりはあるのですか」

「いいえ、まったくありません」

「中傷の手紙の差出人については」

「見当もつきません」

「そのような手紙をわざわざ出すのは、かなりつよい意志、あるいは悪意が必要だと思いますし、あなたのプライベートにもくわしい人間です。ほんとうに心当たりはないんですか」

「……ええ、ほんとうです」

ほんのわずかためらったあと答えると、乾は苦笑し、

「前にもありましたよね。あなたがすぐには打ち明けてくれなかったこと。黒井さんが受け取った紙片のことです」

八島が抗議の声をあげようとするのを、

「分かっています。転落事件とは関係ないとの判断で黙っていた。あなただけでなく黒井さんたち共通の認識だった。

でもね、もし事件に本当になんのかかわりもないのなら、すべてを正直に言ってもらわないと、疑いは晴れません。警察はいつまでもあなたにまとわりつきますよ」

「結局、乾さんはどうあっても、わたしを犯人に仕立て上げたいようですね」

「それは違う。だが、あなたにはいろいろと疑わしい点が多すぎる」そう言ったあと乾はしばらく口を閉ざし、やがて思い切ったように、「先ほど記者会見をしていた毒入りジュース事件ですが、監視カメラの映像により、当日、娯楽室と備品室に入れたのは、派遣のスタッフのほかは治験の参加者とコーディネーターだけだったと分かりました。佐伯さんの転落事件、毒入りジュース事件、そのどちらにも深く関係し、犯行の機会があり、動機もあったのは、八島さん、あなただけです。疑うなという方が無理でしょう」

「佐伯先生のことだけじゃなく、パラコートの混入でも疑われているのですか。いったいどうして自分がコーディネーターを務める治験で、被験者さんに毒を盛るんです？」

「動機についてはまだ不明の点もある。だけど、あなたはもともと今回の治験薬を開発した製薬会社に勤務していたんですよね。しかし、とつぜん退職して、その後出産された。父親は不明。そのあたりに動機が隠されているかもしれない」

「いくらなんでもひどすぎます。もし元の会社や社員に恨みがあったとしても――もちろんありませんが――、なんの関係もない人たちに、どうして猛毒を飲ませたりするんですか」

八島の反論に、乾は言葉に詰まったように沈黙した。憤懣《ふんまん》がおさまらない八島は、

「そもそも、転落事件と毒入りジュース事件は別々の出来事じゃないですか。どうしてひとりの仕業だと決めつけるんです？」

と追い打ちをかける。すると乾は反撃の糸口を見つけたように、目を光らせた。

「ふたつの事件が別々の出来事だとは考えていません。同じ病院内で同じ治験に関係する人物が絡み、人命にかかわる事件が、偶然連続して起きる確率は限りなく低いと思いますよ」

よけいなことを言って逆にやり込められてしまった。もう黙っていよう。乾がなんと言おうと、自分は無実だ。どちらの事件にも関与していない。

そんな八島の内心を代弁するような声が、衝立の向こうから響いた。

「八島さんは無実ですよ。少なくとも、転落事件とは無関係でしょう」

すりガラスの衝立の向こうで影が動き、亜館と坊咲が姿をあらわした。

「なんだ、君たちは。盗み聞きをしていたのか」

乾は一瞬あっけにとられた表情をしたあと、テーブルを叩いて激怒した。

亜館は平然とした顔で、

「とんでもない。人聞きの悪いこと言わないでください。たまたま通りかかったら、話が聞こえただけです。それで八島さんの無実が分かったというわけです」

「見え透いた嘘をつくな。さっきモニター室で君を見かけた。さいしょから盗み聞きするつもりでこっそり我々のあとをつけてきたんだろう。君も容疑者なんだから、おかしなことをしない方が身

のためだぞ」乾は携帯電話を取り出すと、部下を呼び出し、「——ああ、金子。すぐ来てくれ。治験管理室の近くだ。また捜査の邪魔をするバカが出しゃばってきたんで排除してくれ」

携帯を切った乾は、覚悟しろと言わんばかりに亜館をにらみつける。

「わたしは亜館さんのお話を伺いたいと思います」

八島が申し出るも、

「今は捜査の途中です。あなたの希望は関係ありません」

乾はにべもなくはねつける。

「でも、わたしを犯人扱いするのは不当だと思います。異なる意見にも耳を傾けてください」

「そうですよ、ここは公平にいきましょう。話を聞くだけなら損はないんだし」

亜館の説得にも、乾は不満げに鼻を鳴らし、

「部下が来たらすぐに追い出す」

とすごむ。それまでは自由に話す権利を得たと、亜館は意図的に誤解したふりをして、ぺこりと頭を下げて、

「ありがとうございます。それでは手短に八島さんが転落事件にかかわっていないことを証明しましょう。

佐伯先生と犯人は非常扉から階段に出たと考えられる。ところがその姿が監視カメラの映像には残っていなかったため、唯一カメラが止まっていた二階の非常扉から出たと推定されます。ただし、二階の監視カメラが停止していたのは、たまたま配管の水もれがあったためで、その事実は事件後

にはじめて明らかにされました。

ご存じのとおり、僕らのいた娯楽室は二階にあります。佐伯先生は娯楽室の僕らのうちのだれかをそこで呼び出して、非常扉から非常階段へ向かったのです。

佐伯先生が僕たちのひとりになんの用があったのかは、まだ分かりませんが、先ほど八島さんが興味深いことをおっしゃっていました。佐伯先生が八島さんとの別れ際に残した言葉、

『君の治験の――、いや、なんでもない。今度会ったときに話す』

これはおそらく治験にかかわる秘密でしょう。それを確認するため、だれかと話す必要があった。そしてその結果、殺されてしまった。というわけです」

亜館は得意げにここでいったん言葉を切り、乾の反応をうかがった。

「佐伯医師に関する話は八島さんがそう言っているだけで裏が取れていない。それに今の君の話は、八島さんが転落事件にかかわっていない証明にはなっていないだろう。――ああ、まだいい。ちょっと待ってくれ」

乾は、呼び出しに応じてやってきた部下を衝立の外側で待たせると、亜館に先を続けるよう促した。

「それでは本題に入りましょう。佐伯先生は何者かを問い詰めるために、その人物がいる場所へ行き、そこから非常扉へ向かったと先ほど説明しました。佐伯先生はもちろん犯人も、監視カメラのことは頭になかったはずです。映らなかったのはたまたまです。

もし佐伯先生が八島さんに会おうとしたなら、まず常駐している治験管理室へ行ったはずです。

しかし、佐伯先生は転落事件の前に治験管理室へは顔を出していない。直接、二階に向かっているのです。その姿をナースステーションの看護師が見とどけているので間違いありません。これは佐伯先生の目的とする人物が常に二階にいる人物、つまりは被験者のひとりだったことをつよく示唆していると思われます」

「推理が雑すぎる」と乾が吐き捨てる。「佐伯さんは八島さんが備品室へ物を取りに行くことを事前に知っていたのかもしれない。また、直前に仕事で二階かその近くにいたため、寄ってみたのかもしれない。そのとき、たまたま八島さんがいて、その流れで二階の非常扉を使ったとも考えられるだろう」

「八島さん、佐伯先生はあなたが備品室へ行くことを知っていましたか。中庭で会ったとき、伝えたりしましたか」

亜館の問いに八島は首をふった。

「いいえ、話していません。わたしが備品室へ行ったのは、その直前にある製薬会社から電話があり、その用事で物を取りに行ったためで、前もって予定していた行動ではありません」

「ということです」亜館はひとつ証明が終わったとばかりに指を一本立て、「また佐伯先生は転落の前に自身の研究室にいたとされています。中庭で八島さんと別れたあと、いったん研究室へ戻ったのでしょう。

とすれば、そのあと研究室から病院へ向かったことになります。そして八島さんに用があったなら、東館一階にある治験管理室へ来るのがいちばん自然な動線です。しかし、そうはせずに病棟の二階へ行った。これすなわち、佐伯先生の目的が八島さんにはなく、二階の娯楽室にいる人物にあったとの証明にほかならないと思います」

乾は何度も首をひねり、納得しきれない表情で、

「証明というには緩すぎる気がするが、百歩譲って八島さんが佐伯さんの転落事件には関係していなかったとしても、毒物混入事件にかかわっていないとは言えない」

「あれ、その理屈はおかしいのでは。さっき乾さん自身、ふたつの事件を別々の出来事とは考えていないと言ってたじゃないですか。であれば、転落事件が無関係なら、毒物混入事件とも無関係なはずですよ」

亜館の指摘に、乾はむっとした顔をして、

「関連するふたつの事件の片方だけに関与する人物の可能性まで否定したわけじゃないだろう。だいたい君に捜査の方針を説明する義理はない。――もういいぞ、こいつらを排除しろ」

待機していた部下に命じ、亜館と坊咲を衝立の外側へ追い出した。

亜館が抗議の声をあげ、ふたたび衝立の内側へ戻ろうとして、警官ともみあいになる。

「よしましょう。捜査妨害はまずいですよ」

坊咲が亜館の腕をとって、廊下へ引っ張りだしたところに、小走りで今宮が近づいてきた。八島が声をかけるいとまもなく、こわばった顔で前を通り過ぎ、治験管理室のドアを開けて中を覗く。だれもいなかったのか、中に入らず引き返してきた。そこでようやく衝立の向こうに立つ八島に気づき、

「重症だった小島さんが亡くなりました」

と告げた。

予想はしていたことだが、ショックだった。

隣で乾が重々しく口を開いた。

「これで毒入りジュースの方も殺人事件となりましたね」


乾から解放されたあと、八島は深田と今宮とともに、集中治療室の医師や看護師、治験責任医師の榊原、ハリスン製薬の添島と連絡を取った。

小島の死因は呼吸不全だった。もともと治験エントリーには問題がない程度の呼吸器疾患があり、それがパラコート中毒により悪化して死に至ったらしい。

ほか三人の被験者も依然予断を許さないが、安定はしてきているという。災難続きの中のほんのわずかな希望の光だ。

「明日、神坂がこちらへ来て、今後のことを相談したいと言っています」

本社と連絡を取っていた添島が告げた。

SAEの原因がSU-480と無関係だと判明したためか、前ほど表情は暗くない。おそらく大暴落したという株価もすぐに値を戻すだろう。

治験は中止となったが、警察の要請もあって被験者たちは病院内にとどまっている。その費用は、SAEの原因が治験薬にあったのならハリスン製薬持ちだっただろうが、今回は病院側の全面負担となるはずだ。もしパラコートの混入が病院職員の仕業だったり、病院側の過失によるものと判明すれば、損害賠償を被験者たちやハリスン製薬から求められてもおかしくはない。ただ、そんな事態になれば、それはもう八島や添島の手を離れ、上層部間での交渉となるだろう。

隣にいた今宮も同じような考えがあったのか、

「賠償の話とかするんですか。院長や事務長にアポを取っておいた方がいいんじゃないですか」

と尋ねたが、添島は首をふった。

「いえ、まだそんな段階じゃないですよ。明日は様子見ってところだと思います。賠償なんてことになったら、神坂じゃなくてその上の朝比奈《あさひな》が出てくるかもしれませんし」

「朝比奈さんって、おたくの開発のトップでしょ。そんな偉い人が来るんですか」

今宮が疑わしげな顔で問うと、添島はあまり自信なさげに、

「ほんとのところは、僕みたいなペイペイには分かりません。次期社長とも目されている人ですけど、けっこうフットワークも軽いんで、それもありかなあと」

吸収合併がなければ、神坂が白鳥製薬の開発部門のトップで次期社長の候補に挙がったのかもしれない。予想のつかない様々な出来事が絡み合い、人の運命は変わっていく。今宮と添島のやり取りを聞きながら、八島はぼんやりとそんなことを思った。

記者会見の翌日、病院の敷地の外には多くのマスコミがいて、病院内には目立たないが警察の捜査員らしき姿も散見された。

八島はきっと今日も乾から厳しい事情聴取を受けるのだろうと思いながら、治験管理室の自席でパソコンの電源を入れたところ、内線電話が鳴った。

「今日午後二時から準備委員会だけど、大丈夫？」

木村比呂美だ。事件のことで予定が突然変更になるので、出欠の返事を保留のままにしていた。

今日のスケジュールを脳裏に浮かべる。小島の遺族が午後一時に来院するが、榊原と黒タンが対応することになっている。八島も立ちあうつもりだったが、昨日、黒タンから外れるよう言われた。

『八島さんは事件に近すぎる。被害者遺族には会わない方がいいだろう』

要は八島も容疑者のひとりだと黒タンは思っているわけだ。じっさいそうなのだが、なにか裏切られたような気もした。

そういえば、デートの予定も先送りになっている。

（それはそれとして）

いちおう、事件当時のことを小島の遺族に聞かれたとき、くわしく説明できるよう治験管理室内に待機するつもりだ。しかし、それ以外に予定はない。

「患者さんのご遺族への対応があって遅れるかもしれないけど、出席できると思う」

と木村には伝えた。

お昼前、添島とともに神坂が治験管理室に顔を出した。病院長や榊原と面会し、情報交換をしたという。昨日、添島が言ったとおりシビアな話はなかったらしい。

「病院に足止めされている被験者さんたちをよろしくお願いします」

八島たちの前でも神坂は、事件の話には深入りせず、SU－480治験のフォローを頼んだだけだった。

「フォローはいつまで続けるんですか」

今宮が問うと、神坂が、

「うちとしては被験者さんたちの状況をみて決めたいと思いますが、警察の方針もあるでしょうから、それしだいですね」

と答え、目を細めた。

その顔を見て、八島は思わず、

「あっ」

と小さく声をもらした。

どうしたのか、といっせいにけげんな顔を向けられ、

「すみません。ちょっと急用を思い出して」

とごまかした。

もちろん急用などない。神坂が目を細めたときの表情が祐樹とそっくりだったのだ。八島は携帯電話を手に取り、急ぎの連絡をよそおって席を外した。しばらく動悸が鎮まらなかった。

午後一時ちょうどに来院した小島の遺族は、榊原と黒タンから説明を聞き、三十分ほどで帰った

という。事件がまだ捜査中なので、ジュースに毒が入った経緯や補償など、ややこしい話題には立ち入らなかったようだ。

午後二時五分前、一階の事務室の奥の会議室に向かう。

紅霊祭の準備委員会の会議に、八島は直近の二回、多忙を理由に欠席していた。メールで送られてくる議事録にはざっと目を通しているので、準備が順調に進行していることは把握している。女神コンテストの予備選考の五十名もほぼ決まり、会場の設営業者との打ち合わせも最終段階に入っていた。残る課題は、今回の事件ののちも予定どおり病院前広場で女神コンテストを開催するのか否かだ。ただこれは病院で決められることではなく、市側の判断待ちだった。

八島が会議室へ入ると、すでに木村のほか病院、市、業者、それぞれの担当者全員が顔をそろえていた。八島が遅れを詫びて（遅刻していなかったが）着席すると、すぐに会議がはじまった。

まず市側の責任者の目加田が発言し、女神コンテストは予定どおり、病院前広場で開催したいとの意向を明らかにしたうえで、

「最近いろいろありましたので、開催に向けて支障になりそうな点を確認させてください」

「コンテスト開催日は日曜なので一般の外来は休みですが、救急の患者さんが来る可能性はあるので、会場に入りきれない観客が多いと混乱が起きるかもしれません」

との木村の発言に対し、イベント会社の担当者が立ち見のエリアを広くして収容人数を増やすことで対処すると答えた。

今回の事件で女神コンテストの注目度も増して、観客増が見込まれているらしい。事件は病院に

とっては醜聞だが、紅霊祭にはいい宣伝になっている。心なしか市とイベント会社の担当者は以前より前向きの姿勢に感じられる。

病棟看護師が手を挙げて、

「騒音についてはなにか考えているんでしょうか。病棟まではかなり距離があると思いますけど、マイクの音や観客の歓声などがうるさいと入院患者から苦情が出るかもしれません」

「騒音対策として遮音パネルを設置する予定です。あと――」

イベント会社の担当者の発言の途中で、突然、パーテーションの向こうから深田が姿をあらわした。

「すみません」

深田が狼狽した様子だったので、八島はてっきり治験の用事で呼びに来たのかと思った。またSAEの被験者の容態が急変したか。

「なにかあったの？」

八島が立ち上がると、深田は首をふり、

「違うの。こっちに乾さんがいるかと思って。エントランスにいた警官に聞いてきたんだけど」

取り乱したようにあたりを見まわす。

「乾さんになんの用？」

八島が尋ねると、

「事件の犯人を伝えに来たの」

深田が答えたので、みな一様におどろいた。

しかし、それを聞いたところで八島たちにはどうすることもできない。戸惑い、持て余すように顔を見合わせていると、パーテーションの向こうから聞き覚えのある声が聞こえた。乾だ。院内にドリンクを卸している業者の連絡先を事務員に聞いている。

「乾さん」深田が駆け寄った。「ＳＵ－４８０治験の被験者の村上紘一を逮捕してください。きっとあいつが一連の事件の犯人です」

いきなり言われた乾はあっけにとられた顔をして、

「なんでそう思うんです。証拠でもあるんですか」

「あいつの人間性がいちばんの証拠です。元妻のわたしが保証します」

深田はそう断言した。

五

乾に捜査から遠ざけられ、暇を持て余している亜館は坊咲を連れて病院中をめぐり、独自の聞き込みをはじめた。少しでもつながりがある人間や、顔見知りがいると声をかけ、相手の迷惑顔にもひるむことなく質問を浴びせるのだ。

検査室でだれにも相手にされず追い出されたあと、次のターゲットを探すためか、総合受付の横にある各科の外来表と掲示板を眺めていた亜館は、エントランスに視線を転じて、

「あっ、羽山先生だ。話を聞こう」

正面のガラス扉の向こうに、背広姿の羽山医師が見えた。白衣の医師となにやら話しながら自動ドアから院内に入ってくる。

亜館は小走りに近づいて、

「羽山先生、こんにちは」

いきなり声をかけられた羽山は、面食らった顔で立ち止まり、声もない。隣の白衣の医師もけげんそうな顔で亜館を見やり、危ない奴とでも思ったのか、足も止めずに離れていった。

羽山医師も逃げ場を探すように周囲に視線を這わせるが、亜館が前に立ちふさがったまま、

「先生、前にお会いしましたよね。怪物フェアのとき」

「えっ、ああ、そうでしたか」

「じつは僕たち、今問題になっているハリスン製薬の治験の被験者でして、事件のことといろいろ調べているところなんです。外来担当表によると先生は神経内科の部長のようですから、病院の裏事情にも通じているかと思います。そこでお聞きしたいんですが、今回のハリスン製薬の治験実施に異論があった方や、先に亡くなった佐伯先生とトラブルがあった方などをご存じありませんか」

ぶしつけな質問に、羽山は戸惑いの表情を浮かべ、

「なにも分かりませんし、分かっていたとしても、申し上げることはできません」

と言うと、足早に立ち去った。

どうも亜館の捜査と称するものは、どれも行き当たりばったりに見えて、それが事件解決にどう

つながるのか、まったく見当がつかない。

その点を坊咲が質すと、

「どうにもつながらないよ。そんなの当然でしょ」

亜館はあっさり答える。

「じゃ、なんでこんなことしているんです」

「こうやって嗅ぎまわることで、不安になった犯人の方からこっちにちょっかいを出してくるかもしれない。撒き餌ですよ、撒き餌」

本当にこの人は自称するような名探偵なのだろうか。根本的な疑問が湧き上がるのを抑えられない。


結局、なんの実りもないまま、亜館と坊咲が自分たちの病室へ戻ってきたところ、ちょうど同じタイミングで乾が姿をあらわした。

「おや、どうしました。捜査についてのアドバイスならいつでも差し上げますよ」

亜館の軽口に、乾はじろりと鋭い目を向けたが、なにも言わずに斎田と村上の病室の前に立った。

「村上さん、ちょっとお話を伺いたいんですが」

斎田といっしょにテレビを見ていた村上は、乾に声をかけられ、戸惑った顔を見せながらも、

「あっ、はい」

と答える。乾が目で促すと、斎田が席を外すために立ち上がった。

「ちょっと待ってください。僕も立ちあいます。村上さん、言いなりに尋問を受けたりしたら、きっと無理やり犯人に仕立て上げられますよ」

ずかずかと亜館は病室の奥まで入り込み、村上のベッドに腰を下ろして、近くのテーブルの上の本や携帯電話を勝手に触りはじめた。

乾がいきり立って、

「ふざけるな。いつまでも警察をなめてるとただじゃおかんぞ」

どすの利いた声ですごむと、亜館はおどけたように両手をあげて、

「分かりましたよ。公権力は怖いですからね。退散します」

と妙にあっさりと引き下がった。

乾と村上を残して、亜館は自分の病室の前を通り過ぎ、新貝たちの病室のドアを開けた。坊咲と斎田も亜館のあとに従う。

新貝は自分のベッドでパソコンに向かい、影山は窓際の椅子に座って読書をしていた。

「ちょっとお邪魔するよ」

亜館はそう言って影山の隣の椅子に腰を下ろすと、ズボンのポケットから小型ラジオのようなものを取り出してテーブルに置いた。

「おい、まさか」

斎田が大声を出すと、亜館は人差し指を唇の前に立て、

「しっ」

つまみを調整すると、スピーカーから声が聞こえた。

〈どういうことですか〉

村上の声だ。

〈以前、婚姻関係にあった深田さんが、今回の一連の事件にあなたがかかわっていると言っているんです〉

乾の声がスピーカーから響くと、

「警察の捜査を盗聴するなんて、いくらなんでもまずいだろ。プライバシーの侵害でもあるぞ」

斎田が言い、

「もしかすると医療機器に悪影響が出るかもしれませんよ」

新貝も懸念を示したが、亜館はまったく意に介する様子もなく、

「僕たちの仲間が濡れ衣を着せられないよう、監視しているだけだよ。もし君たちがどうしても嫌だと言うなら席を外してよ。でも、乾さんには黙っていてね」

結局、だれも病室から出ようとはせず、一同テーブルを囲み、スピーカーからこぼれる村上の声に耳を傾ける。

〈たしかに深田香織《かおり》とは、一時期、婚姻関係にありました。しかし、それが事件となんの関係があるんです〉

〈深田さんの話だと、あなたは七年前、強姦《ごうかん》未遂で逮捕、起訴されている。こちらでも調べたら事実でした。また、四年前に離婚の原因となったのも、女子高生への痴漢行為で捕まったためと聞い

ています。こちらは示談が成立して被害者側が訴えを取り下げたため、不起訴になったようですが〉

〈離婚したのは、別にそれだけが原因じゃありませんよ。あいつの浪費癖や浮気もありました〉

ふてくされたような村上の声。

〈まあ、それはいいでしょう。しかし、深田さんはあなたが今回、女神コンテストの応募者の書類を盗むために治験に参加したと言っています。それについてはどうです〉

〈まったくの事実無根です。僕はアレルギー体質で、今回の治験の話はかかりつけのクリニックで聞きました。いろんな基準をクリアして参加できたわけで、応募書類を盗むために治験にもぐりこむなんて話、荒唐無稽にもほどがある〉

〈転落事件の前日、この病院内に保管されていた女神コンテストの応募書類を、何者かが物色した痕跡があったと言います。村上さん、あなたの仕業じゃありませんか〉

〈違いますよ。だいたいこの病院内に女神コンテストの応募書類があるなんて今はじめて知りました〉

〈おや、それは明らかに嘘ですね。深田さんは先日、あなたにこのことを問い詰めたと言っていましたから、少なくともそのときに、女神コンテストの応募書類の件は聞いているはずです〉

〈ああ……、たしかにそうだったかもしれないけど、どっちにしたって病院に来たあとで知ったことです。盗みのために治験に参加したわけじゃない。

そもそも女神コンテストの件が一連の事件となんの関係があるんですか。白骨死体は君島みどり

だったとか噂されているけど、それと今回の毒入りジュースの件とかかわりがあるんですか〉

〈白骨事件とは関係ありません。いや、今のところ、関連づけては考えていません。お聞きしたいのは、あなたが応募書類を盗み出そうとし、それを佐伯医師に目撃されたのではないかという点です〉

〈それは強引すぎるでしょう。佐伯先生がだれかに僕が盗みを働いているとでも言ったんですか〉

〈深田さんが事件の日の朝、佐伯医師とあなたが話しているところを見たと言っているんです。そのときにそういう話題になったんじゃありませんか〉

返答に詰まったのか、記憶を手繰っているのか、しばらく間があって、

〈そう言われれば、ほんの一、二分立ち話はしています。今までそんなことがあったのも忘れていましたけど〉

〈で、なにを話したんですか〉

〈とくになにってほどの話題もなかったです。治験はどうですかとか、いっしょに入院している人たちとはうまくいっていますかとか、世間話みたいなものですね〉

〈それであなたはなんと答えたんです〉

〈なんて答えたかなあ。たぶん治験についてはなにも言いませんでした。ほかの被験者については、根暗なエンジニアや変人の探偵オタクや海外旅行マニアがいるって話をしたように思います〉

根暗なエンジニアとは自分のことか。盗み聞きしていた罪悪感が少しだけ薄れた気がする。

〈それだけですか〉

〈それだけです〉

〈ああ、そうそう、今回の治験がはじまったころ、治験管理室長の黒井さんのノートに怪文書らしいメモが挟み込まれました。深田さんはそれもあなたのしわざだと疑っています。身に覚えはありますか〉

〈ありませんよ、そんなもん。怪文書って、どんな内容なんですか〉

〈心当たりがないのなら結構。では、女神コンテストの話に戻りますけど、今回、病院の敷地内で開催され、応募書類も病院にあると知ったのは、ほんとうに治験参加後で間違いないですか〉

また返答までに少し間が空き、

〈……いやあ、じつはネットで女神コンテストの書類審査が市西総合病院でおこなわれると話題になっているのは知っていました。でもだからって、応募書類を盗み出そうだなんて考えたりしませんよ。それに雑談で知りましたけど、ほかの被験者も病院内で予備選考をしていることを知っていますよ〉

〈病院の事務室に保管されていた応募書類に手を触れたりしていませんか〉

〈事務室に入ったこともありません。もし信じられないというのなら、僕の所持品の検査をしてくださいよ〉

〈書類に物色されたあとはありましたが、盗まれてはいなかったので、所持品検査では犯行の有無は分かりません〉

〈じゃあ、こんな取り調べ自体、無意味でしょう〉

〈そうとも言えません。先ほども言ったように、佐伯医師に犯行を目撃されたかもしれないのですから〉

〈まあ、そう疑うのは勝手ですけど、僕は犯人じゃありませんよ。女神コンテストには興味がありますけど、応募者の書類なんか盗み見たってしょうがないでしょ〉

〈応募書類を見れば顔や現住所も分かる。マニアには貴重な情報じゃありませんか〉

〈なるほどね。そう言われてみればそうですねえ〉

声の印象から、村上がにやりと笑う顔が目に浮かんだ。


村上の事情聴取が終わり、乾が立ち去ると、坊咲たちはすぐ村上の病室へ行った。

村上はおそらく事情聴取のときもそうしていたと思われる椅子に深く腰かけていた。盗み聞きをするまでは、まっとうな社会人に見えた村上が、強姦未遂の前科を持つ人物と分かり、坊咲もなにか構えるような気持ちになっている。ほかの者たちも同様で、病室の空気はどこか緊張感を帯びていた。

しかし、ただひとり、亜館だけはそれまでとなにも変わらないくだけた態度で、

「取り調べ、どうでした」

と問いかけながら、ベッド脇のテーブルに手を伸ばし、さっとなにかをつかみ取った。隠しマイクを回収したのだろう。

「なあに、取り調べというほどじゃなくて、僕が以前、深田と結婚していたときのことをちょっと

聞かれただけだよ」

「えっ、村上さん、深田さんと夫婦だったんですか」

亜館が空々しくおどろいてみせた。

「ほんの数年間ね。別れたあとはまったく連絡とってなかったから、びっくりしたよ、こんなとこで会って」

「でも警察もなんで気にするんですかね。別に元夫婦が患者と職員で同じ病院に居合わせても不思議じゃないでしょう」

「そうだよなあ。いったいなんで事情を聞かれたのか、さっぱり見当がつかない」

村上がもっともらしい表情で首をかしげてみせるさまを、坊咲たちは冷ややかな目で見つめた。

第六章　治験十日目〜治験最終日

一

転落死、毒入りジュース殺人、それと病院外だが白骨死体。立て続けに発生、発覚した事件により、病院内はずっと騒然として日常を取り戻せずにいる。

記者会見の日から三日経ったが、テレビの報道番組などでも繰り返し取り上げられ、世間の関心は薄らいでいない。

八島は、ＳＵ－４８０の次に予定している治験のプロトコールを読んだり、すでに終了した治験の機材やファイルを整理したりして、忙しく過ごしたが、やはり気分は落ち着かなかった。

深田が大騒ぎしたため、すぐに乾が村上を事情聴取したようだ。また、病院の上層部も女神コンテストの応募書類への不正接触の疑惑で村上に話を聞いたらしい。

しかし、その後、村上は拘束もされず、斎田と同じ病室にとどまり治験後のフォローを受けている。疑いも晴れたのか、疑惑はあるものの確証がなく野放しになっているのか。

いずれにせよ、今後も深田が接触するのは問題があると、八島から報告を受けた黒タンの判断により、深田はSU－480の担当から外れた。すでに投薬は中止され業務量も減っているので、八島と今宮の二人体制でも支障はない。

ほかの被験者たちは、村上の前科や疑惑を知らないはずだが、なにか異変を察したようで、どこかよそよそしい態度で白々とした空気を醸している。

深田によれば、かなり前から市西総合病院内で女神コンテストの予備選考がおこなわれるとの情報がもれていたらしい。とすると、村上以外にも同じ目的で治験に参加した被験者がいるのだろうか。

被験者たちの顔ぶれを頭に浮かべると、なんだか全員がそれらしく思えてくる。事件続きでよけいにだれもが不審者のように感じるのかもしれない。

「このあとSU－480のチェックですけど、八島さんは予定があるんでしたっけ」

向かいのデスクから今宮に声をかけられた。

CRCはSU－480の被験者たちの健康チェックなどで一日数回、病棟に顔を出す必要がある。午前に今宮が行っているので、順番どおりなら次は八島だ。

「そう。このあと面接なんで、悪いけどお願いできる？」

「いいですよ。亜館さん以外、みんなおとなしいし」

黒タンが約束を忘れず、遺伝子医学研究所への異動の話を進めてくれたため、面接を受けることになったのだ。佐伯が責任者を務めていた創薬部の研究助手という、八島の希望に沿ったポストだ。午後三時からの予定で、治験管理室から研究所の面接会場まではどんなにゆっくり歩いても十分とかからないが、八島は二十分前には管理室を出た。早く着いて意欲のあるところをアピールするためだ。

面接は三十分ほどで終わった。

志望動機やこれまで携わってきた業務内容についてしっかりアピールできたと思う。面接官は創薬部の部長と管理部門の課長だったが、業務関連の質問はほとんど創薬部の部長がした。

最後に管理部門の課長が、『いつからこちらへ来られますか。次の治験がはじまったら、しばらく異動は難しいのではありませんか』と採用を前提とした質問をしてきたので、ちょっとおどろいた。

『治験の途中でも別のCRCに引き継ぎできますので、いつでも異動は可能です』

と答えると、部長と課長は頼もしいなという顔をしてうなずいた。

結果は三日以内に伝えるとのことだったが、手ごたえはあった。

高揚感に顔をほてらせ、軽やかな足取りで研究所のゲートを出たところで、

「ずいぶんご機嫌のようですね」

病院側の道から近づいてきた乾に声をかけられた。八島の予定は治験管理室のホワイトボードに

書いてある。それを見たか、だれかに聞いて来たのだろう。

「わざわざ研究所までお越しですか。もう戻るところですけど」

「いえ、研究所に用があって来たんです。こちらでの佐伯さんの業務などの確認です。八島さんはどういった用事でこちらへ」

「それは捜査上の質問ですか」

冗談で切り返すと、乾も察してくれて、

「はは」と笑い、「そうではありませんが、でも、ちょっとお時間をいただけると助かります。また新しい情報が入りましたんで、お伝えしておきたいので」

面接のために余裕をもって予定を空けていたので、時間ならある。

「分かりました」

病院内の会議室を押さえようと携帯を取り出したが、

「院内では邪魔が入るかもしれないので。ほら、あの小うるさい奴がいるでしょ」

と乾が言う。亜館のことだろう。八島は笑みを浮かべてうなずき、

「では向こうで」

研究所の敷地を出て、病院前の広場へ向かった。

広場の周りに点在するベンチに、入院患者や見舞いの人々の姿がある。広場内には一時、マスコミの人間が入り込み、車両が停まっていたりしたが、警備員に排除され今は見えない。約一か月後に開催される女神コンテスト会場の設営工事もまだはじまっておらず、午後の傾いた陽ざしが周囲

の木々の影を伸ばして、寂しいくらい静かだ。

八島と乾は空いているベンチに並んで腰を下ろした。

「まず、お伝えしておきたいのは、昨日の捜査会議で鑑識から新たな報告がありまして、これまでの前提が大きく覆されたことです」

毒入りジュース事件において、パラコートが混入されたのは、派遣スタッフがオレンジジュースの濃縮液が入ったボトルを開封し、ドリンクサーバーに注いだ以降と考えられていた。ところが、ボトルの中に残留する濃縮液を調べたところ、パラコートが検出された。

「でも、派遣さんは、キャップは閉まっていたと言っていたのでは」

「ええ、再度確認しましたが未開封だったと。そこで鑑識がボトルをくわしく調べると、一度、キャップがリングごと取り外されていたらしいことが分かったんです」

鑑識係が同じジュースのボトルを取り寄せて、さまざま試してみた。するとボトルの口を熱湯につけて温めると、リングを切らずにキャップがそっくり抜けることが分かった。キャップを外したボトルの中に毒を注ぎ、もとのキャップをまたお湯につけて軟らかくしてはめ直すと、未開封の毒入りジュースボトルができあがる。

「毒は当日ではなく、もっと前に入れられたかもしれないんですか」

「そういうことになります」

六本入りの段ボール箱でジュースのボトルが搬入されたのは治験のはじまる前日。それ以降から事件までの間に、毒入りボトルに入れ替えられたことになる。

鑑識は未開封のボトルをすべて調べたが、毒が入っていたのは事件で使用された一本だけだった。

と乾は捜査で判明したことを告げ、さらに続けて、

「監視カメラには、ジュースのボトルを持った人の姿は映っていませんでした」

監視カメラが止まったのは治験初日の水もれのとき、復活したのは事件の前日。ボトルが入れ替えられたのは、その間ということになる。

「容疑者の範囲はずっと広がりますね」

「ええ、ジュースが搬入されたのが治験開始前日、それからおよそ六日間、その機会があったと考えられますから」乾は渋い顔をして、「あともうひとつ、不可解な点が明らかになりました。ジュースに混入されたパラコートの量がかなり少なかったんです。鑑識の話によれば、小島さんに呼吸器疾患の持病がなければ助かったかもしれない濃度だったそうです。あと、あの日、派遣スタッフが水もれ騒ぎに気をとられ、水で三倍量に希釈する作業を忘れてしまったことも、小島さんには不運でした」

「えっ、どういうことです?」

「あの朝の水もれ騒ぎにまぎれて、サーバーにジュースの原液を入れたあと水を足す手順を飛ばしてしまったらしいのです。サーバー内と紙コップに残った毒入りジュースの鑑識結果もそれを裏付けるものでした」

八島もその場にいた。あの朝の状況を思い返してみる。

たしかにサーバーに水が足された記憶はない。水もれ騒ぎが起きてすぐ八島も派遣スタッフも娯

楽室を離れたから、サーバーのジュースが濃縮液のままだったという乾の指摘には納得がいく。

「小島さんに基礎疾患があったこととジュースが希釈されなかったことは、二重に不幸な偶然でした。犯人は当然、正確に量を測ってパラコートを混入したはずですから、死者が出たのは想定外だったのかもしれません」

たしかにこれほど手の込んだことをした犯人が、毒の量やその効果を考えず適当にボトルに仕込んだとは考えにくい。もともとだれも殺すつもりはなかったわけか。だとすれば犯人の目的はなんだったのか。

「犯人の狙いは殺人にはなく、脅しや警告だったのかもしれません。例の怪文書もありましたし」

「だれになんのための警告ですか」

「それを今、調べようとしています」乾は研究所の方へ視線を向けて、「佐伯さんはあちらで最先端の研究をされていた。今回、八島さんたちが実施し、佐伯さんがアメリカでかかわっていた治験も、国内外から大きな注目を集めている。

先には黒井さんのノートに挟まれた怪文書もありました。八島さんも個人的になにか脅されたり、警告を受けたりしたことはありませんか。ご自身でなくても周囲の方でそんな目にあったという話でも結構ですが」

「ありません」

八島はとっさに答えた。あまりに反応が早く、つよすぎたかもしれない。乾がちょっとおどろいたような表情をした。

「ごめんなさい」八島は言った。「あまりにも荒唐無稽だったので。ＳＵ－４８０のようなもう動いている治験に、大きな機密なんてないんですよ。かなり情報も開示されていますし。ですから、治験を実施している末端の病院で、陰謀論めいた事件が起きるとは思えません」

「でもじっさいに殺人が起こっている」

「治験とのかかわりは不明です」

「では研究所での仕事に関してはどうですかね。研究内容に海外も注目する最先端の機密があるかもしれない。それが今回の事件に結びついている可能性はあるのではないでしょうか」

「さあ、そこはわたしにはなんとも分かりかねます」

「まあそうですよね。ではこれから研究所へ話を聞きに行ってきます」と乾はベンチから立ち上がった。「あ、あと今お話ししたことはくれぐれも内密に。とくにあの黒縁メガネのデブには」

二

斎田が、坊咲と亜館の病室に入り浸っている。

「あんな変態野郎といっしょじゃ胸糞悪いんで、ここで時間をつぶさせろよ」

斎田はそう言って、窓際のいちばんいいポジションの椅子に腰を下ろす。

治験が中止になって、五日が過ぎていた。転落死事件も毒入りジュース事件も解決する気配がなく、坊咲たちは病院にとめ置かれたままだ。一時は犯人と疑われた村上も、その後はとくに厳しい取り調べを受けるでもなく、ほかの被験者たちといっしょに過ごしている。ただ、同室の斎田はそれを嫌って、消灯の時間以外、自室へ戻りたがらないのだ。

「みんな似た者同士でしょ。君だって僕だって坊咲君も含めて、ちょっとした勇気と機会があれば殺人はともかく、痴漢や覗きくらいなら抵抗なくやらかす」

とんでもないことを言う亜館に、坊咲が異論を唱える間もなく、斎田が頭をかきながらうなずいて、

「まあ、そりゃそうかもしれんが、あんな話聞いたあとじゃ、つい問い詰めちまいそうだし。隠しマイクのこと、知られちゃまずいだろ」

「その点を突かれると無下にもできんね。でもここにいるのなら、僕の話に付き合ってもらうよ」

亜館の話といえば、当然、事件の筋読みだ。

いったんトイレに行くと言って席を外し、戻ってきた亜館は、斎田と向かい合わせの椅子に腰を下ろして話しはじめる。斎田は渋い顔だが文句は言わず、椅子の背もたれに身体を預けて伸びをした。

「乾警部補と村上さんの話はじつに興味深かった」

「強姦未遂の件？」

「違う。村上さんが応募書類を盗みに忍び込み、それを佐伯先生に目撃されたのではないか、という乾警部補の推理についてさ」

「やっぱり村上さんを疑ってるの」

坊咲の問いに、亜館は首をふる。

「いや、どうも村上さんじゃないようだ。警察の捜査によれば、コンテストの応募書類目当ての興味本位で村上さんが病院事務室へ入り込んだのは事実だけど、なにも盗んではいなかったらしい。ただ事務所に立ち入っただけで、佐伯先生が村上さんを問い詰めるとも思えないし、あげくに反撃を食らって転落死させられたとも考えにくい」

「今回はたまたま奴の仕業じゃなかったとしても、変態野郎には変わりないからな」

と斎田は吐き捨てたが、亜館はそっけなく、

「だれがどんな人間性だろうがどうでもいい。道徳の話なんかに僕は興味ない。いかなる犯罪がいかにおこなわれたか、注目するのはそこだけだよ。その意味で佐伯先生がなにを見たのか、知ったのかは重大だ。そこに一連の事件の謎がすべて凝縮されているように思うからね」

「それはちょっと大げさじゃない？」坊咲は疑問を呈した。「佐伯先生が転落死したのは毒殺事件の前だよ。ジュースに毒が入れられる何日も前に亡くなった人が、そのあとの事件とどう関係するのさ」

指摘を受けた亜館は、待ってましたとばかりに目を輝かせて、

「そう、まさにその点だ、僕たちが見誤っていたのは。よく考えてみてよ。僕たち被験者かＣＲＣのだれかがジュースに毒を入れようと思ったら、いつでも可能だった。なのにあの日、水もれが起こり娯楽室前の廊下の通行が制限されたときに毒を入れ、わざわざ容疑者を限定してしまった。おかしいとは思わないかい」

「だから前にも言ったじゃん」斎田が見せつけるようにあくびを嚙み殺しながら、「犯人はそんな細かいことなんか気にしちゃいないんだよ。逃げ切ろうが捕まろうが、どうでもいいんだろ」

「ほんとうにそうかな。僕たちの中に犯人がいるとすれば、入手困難なパラコートの原末を隠し持って治験に参加して何日もすごしたことになる。かなり綿密に計画を立てて行動しているんじゃないかな。だとすれば、わざわざあのタイミングで混入した理由がなければおかしい」

なるほど、はじめて亜館を見直した。治験中、各自のベッドサイドに貴重品ボックスはあったから、毒の隠し場所には困らなかっただろう。しかし、そのように用心して毒を持ち込み保管していたなら、亜館の言うように犯行は計画的とみるべきだ。とするとたしかにあのタイミングで毒を混入するのは不可解。また、被験者ではなくＣＲＣの犯行だとしても、やはり同じ疑問がわく。

「じゃあ、どういう理由なんだよ」

斎田もいちおう、亜館の理屈を認めたらしい。

「いくら考えても、あの日、あのときに毒を入れる理由は思いつかない。とすると、前提が間違っているとの結論になる。

あの朝、派遣スタッフがジュースのボトルのキャップを開けてサーバーに注いだ。毒の混入はそのあとと考えられてきたけど、ここが間違いじゃないだろうか。派遣スタッフについては警察が調べてあやしい点はないと確認したらしいから、これは信じるとして、キャップが未開封だったという感触が間違っていると仮定したらどうだろう。

ちょっとネットで調べたんだけど、ペットボトルのキャップをリングを切らずに外して、また元に戻す方法が出ていた。もし犯人がこの方法を使ったら、あの朝、ジュースがサーバーに注がれたとき、すでに毒はペットボトルに混入されていたということになる」

亜館はペットボトルのキャップを熱湯につけて外す方法を説明した。

「もしその方法で毒が入れられていたなら、容疑者の範囲はずっと広がりますね」

坊咲が言うと、亜館はうなずき、

「製造過程の混入の可能性はないとしても、備品室に搬入された日以降、だれでもその機会があったんだから、少なくとも僕たちだけが疑われる状況ではなくなる」

「つまり、事件は振り出しに戻ったわけだ」

斎田の言葉に、亜館は首をふった。

「そうとも言えない。ここでさいしょに言った転落死事件がかかわってくる。

あの日、たまたま娯楽室付近にいた佐伯先生は、備品室でボトルをすり替える犯人を目撃したんじゃないかな。その行為を見とがめ、非常階段に出て問い質したときに、犯人ともみあいになり転落した。ふたつの事件はこういう形でつながっていると僕は見ている」

「佐伯先生がなんの用事で備品室に入るんだよ」

「そうだね、必ずしも佐伯先生が入る必要はないか。犯人がボトルを持って入るのを見たか、出てきたところに出くわしただけかもしれない。それで目撃された犯人が口封じのため、非常階段に佐伯先生を誘い出して突き落とした。うん、こっちの方が自然だ。佐伯先生は不意を突かれて落ちたとみるべきだろう」

たしかに亜館の説が正しければ、ふたつの事件はつながる。そして被験者とＣＲＣに限定されていた容疑者の対象も広がり、坊咲たちが病院にとめ置かれる根拠も失われる。

「すごいじゃないですか、見直しましたよ。亜館さんはやっぱり名探偵だ。このことをすぐに警察に報せましょうよ」

坊咲が興奮の声をあげると、

「まあ、落ち着いて。名探偵だとの見解には全面的に同意するけど、話にはまだ続きがある。てか、これからが本番だ。転落事件の犯人は毒入りジュース事件の犯人でもある。

犯人はいずれオレンジジュースのドリンクサーバーに毒が入ることを知っていた。もし僕たちの中に犯人がいるとすれば、きっと自分はオレンジジュースには決して手を出さなかっただろう」

まあ、それは当然だ。被験者の中に犯人がいるとすればだが。

「そこでちょっと思い出してほしい。治験期間中、やたらと他人に喉が渇かないか聞いて、自分はあまりドリンクに手をつけなかった人物がいたことを――」

亜館が意味ありげな視線を向けるか向けないうちに、斎田が食ってかかった。

「おれに罪をなすりつける気か。馬鹿も休み休み言え。だいたいおれは転落事件ではアリバイがあるんだ。忘れたのか」

「いや、忘れちゃいないよ。じゃあ次はそのアリバイについて検討してみよう。

転落事件の起きた犯行時刻は、午後一時から二時の間とされている。なぜ、その時間かというと、午後一時ごろに、一階の非常階段のそばを通り過ぎた業者の車が、なにも異変がなかったと証言し、午後二時ごろにその場所で佐伯先生の死体が見つかったからだ」

「その一時から二時までの間、おれは病院事務室にいたんだ。どうやったら非常階段から人を突き落とせる？」

「まず疑うべきは犯行時刻が正しかったかどうか。ここであの日のことを振り返ると——。

怪物フェアの最中で、院外はもちろん院内にも怪物のゴムのマスクをした人たちが紛れ込んでいた。また非常階段のそばには怪物の祠があった。ただ、その祠の存在はあまり話題にならず、人がしょっちゅう近くにいるということはない。

午後一時少し前、君は佐伯先生を非常階段に誘い出し、あるいは佐伯先生の方から誘ったのかもしれないけど、ともかく非常階段で争いになり、突き落とした。そして怪物のマスクを顔にかぶせ、怪物の祠の横のベンチに座らせた。そうやってあたかも休んでいる人に見せかけたんだ。

その直後、君はその場を離れて事務室へ行った。いくら偽装したとはいえ、死体を放置するのはリスクだったが、前もって事務室にアポを取っていたため選択肢がなかった。もしすっぽかし、あとでそのときに事故があったと知れたら、よけいに疑惑の目が向けられる。

午後二時に事務室を離れた君は、急いでベンチへ向かった。事務室にいる間に、死体を隠す方法を練っていたのだろう。どんな方法を思いついたのか、つかなかったのか、それは分からない。

ともかく、君は死体をなんとかしようと、犯行現場に戻った。ところが、ベンチに近づくと、すでに周囲には人垣ができていた。死体が発見されてしまっていたんだ。

君はこっそりとその場を離れた。死体を隠すことには失敗したが、さいわい犯行の現場は目撃されていない。佐伯先生とのかかわりも人に知られていない。黙っていれば疑われないと踏んだんだろうね」

「おいおい」斎田がさえぎった。「黙って聞いてりゃ、むちゃくちゃな話をもっともらしく語りやがって。おまえ、やっぱり頭がどうかしてるぞ」

「僕はいたって正常だ。僕の話のどこがおかしい」

「そもそもおれのアリバイはどうなった。今の話じゃ、佐伯先生は怪物マスクをかぶってベンチに座って死んでいるところを発見されたことになる。いったいだれが死体のマスクを剝いで非常階段の下に移動させたんだよ」

「君のアリバイはまったくの偶然により成立した。君がベンチを去ったあと、佐伯先生は意識を取り戻した。つまり佐伯先生が転落して死んだというのは君の早とちりだったんだ。そして佐伯先生は君のあとを追うつもりで、非常階段を上った。きっと君が娯楽室か病室へ逃げたと思ったのだろう。ところが二階まで上がったところで身体のバランスを崩し、ふたたび転落してしまったんだ。佐伯先生は長身だったから、手すりの高さが足りなかったんだろうね。そして今度こそ、地面に叩きつけられ死亡したというわけだ」

「まったく話にならんな」斎田は吐き捨てるように、「コントじゃあるまいし、自力で階段を上がれる体力のある人間が、誤って手すりを越えて真下に落ちたりするかよ。

だいたい、おれは非常扉の鍵を持っちゃいないんだから、二階に逃げるなんて、佐伯先生が考えるはずもないだろう。

そもそも治験参加者のおれが備品室に入ったところで咎められるいわれはない。佐伯先生が問い質すとすれば、外部の人間が備品室に入ったときだろう」

たしかに、被験者が備品室に入る用事はないが、仮に入ったところを見つかっても、せいぜい注意されるくらいだろう。ボトルに毒が入っていたと分かったのはずっとあとの話で、あの時点でそれを持っていても不審には思われまい。すくなくとも佐伯が斎田を非常階段へ引っ張っていく理由にはならない。

「佐伯先生も動転していただろうから、非常階段を使って二階へ君が逃げたと勘違いすることはありうる。また、佐伯先生が君を怪しんだのは、備品室に入ったことだけじゃないんだ。もうひとつ、大きな疑いを君にいだいていた。分かっているだろう」

亜館の言葉に、斎田は少し顔色を変えた。

「いったいなんの話だ」

「君と佐伯先生はこの治験の前から知り合いだった。僕たちがはじめて佐伯先生に会ったとき――水もれ騒ぎのときだけど――佐伯先生はおどろいた顔をした。君の顔に見覚えがあったからだ。しかし、ただの顔見知りに会っただけなら、その場で声をかけただろう。でもそうはせず、なにも言わずにその場を離れた。

そのあと八島さんや村上さんに治験の話をして、被験者の情報を取っていた。きっと君の正体を確かめようとしていたんだ。そして確信を持った時点で、非常階段で君を問い詰めた。毒のボトルを仕込んだところを見られた上に正体もばれた君は、佐伯先生を階段から突き落とすしかなかった」

「バカバカしいけど、いちおう尋ねるよ。おれの正体っていったいなんのことだ。おれは正真正銘、斎田智弘。なりすましでも架空の人物でもないぜ」

斎田は見せつけるようにせせら笑っているが、そこには今までにない緊張が覗いている。どこか虚勢を張っている余裕のなさが引きつった口元に感じられた。

「佐伯先生はアメリカでSU－480の治験を実施していた。およそ二か月前のことだ。旅行バッグのステッカーを見ると、同じころ君もアメリカにいた。ここから想像をたくましくすると、君はアメリカでSU－480の治験に被験者として参加していたのではないか。そして日本に戻ったあとふたたび同じSU－480の治験にエントリーした。アメリカで一度経験して大きな有害事象もなかったので、安心して参加できた。しかも住処も食事も確保でき、お金ももらえるとくれば言うことなし。

ところが佐伯先生に存在を知られて状況が変わった。SU－480治験の除外基準に、過去三か月以内に治験に参加した者という項目がある。君はここに抵触しているのに、その事実を伏せて治験に参加した。きっとこの治験に参加しているだれかを毒殺するのに、自分も被験者としてもぐりこむのが好都合だったからだろう。

毒のボトルを仕込むところを目撃されたうえに、治験の基準から外れていることを指摘され、君は犯行に及んだ。佐伯先生の転落死は事故だった可能性もあるが、毒入りジュース事件の方は殺人だ。なにか言いわけはあるかい」

亜館の挑発するような言い様に、斎田が冷たく言い返す。

「言いわけもなにも、おれがボトルに毒を仕込んだ証拠はまったくないじゃないか。アメリカでSUの治験に参加したって話も、唯一の根拠がそのころおれがアメリカにいたってだけだろ」

「じゃあ、君はアメリカの治験に参加したことを否定するのかい。警察が本気で調べれば、簡単に事実は明らかになるだろうけど」

亜館に追及されると、斎田はややうろたえ気味に首をふり、

「さあね、なにも言わんよ。アメリカで治験に参加したかどうかなんて、おれのプライバシーだ。まあ、どっちにしろ、そんないい加減な話に警察が耳を傾けるとは思えんがな」

「そこが大きな間違いだ。警察は僕の話にしっかり耳を傾けているよ。そして今の君のうろたえ切った受け答えにもね」

亜館は自信満々にそう言うと、胸のポケットから小型マイクを取り出した。先日、村上の事情聴取を別室から聞いたときに使ったものだ。

「乾さん、もういいでしょう。お越しください」

亜館がマイクに呼びかけた。

「どういうことだ。警察におれたちの会話を盗み聞きさせていたのか」

斎田が立ち上がって詰めよるが、亜館は平然として、

「盗み聞きなんて言ったら警察に失礼だろう。これも捜査の一環でしょ」

亜館と斎田がいがみ合いをはじめると、どこか近くで話を聞いていたらしい乾が姿をあらわした。

「まあ、落ち着いて、ふたりとも。斎田さんもお座りください。もう少し、くわしくお話を伺わせていただきましょう」

と乾も空いていた椅子に腰を下ろした。

「いや、勘違いしないでください」

斎田は椅子の上でもぞもぞ身体を動かしながら訴えた。亜館の披瀝《ひれき》した推理が警察に筒抜けだったと知って、顔にうっすら汗を浮かべている。

「どの点が勘違いなんですか」

「ほとんど全部誤解です。こいつの言ったことはすべてでたらめです」

斎田の非難に、亜館が反論するかと思いきや、ただニヤニヤ笑いを浮かべて沈黙している。すべてを乾にゆだねた様子。

「では、まずひとつ教えてください。あなたはアメリカで同じ治験に参加していたのですか、いなかったのですか」

乾が問うと、斎田は気まずげに口ごもった。

「どうなんです」

乾に促され、斎田はしぶしぶ答えた。

「ええ、参加していました」

「そのことを黙ったままこちらの治験にも申し込んだわけですね」

「バカ正直に言っちゃ参加できなくなりますから」

「で、そのことを佐伯さんに気づかれ、問い詰められた。この点も間違いありませんか」

「いやあ」斎田は頭をかきながら、「問い詰められたってほどじゃありませんよ」

「では具体的にどのように言われたのか、聞かせてください」

「ですから、『アメリカでお会いしましたよね。J病院の治験で』と尋ねられたんです」

「あなたはそれを認めたんですか」

「まあ、さいしょはごまかそうとしたんですけどね、調べればすぐに分かると言われたんで……」

「それで佐伯さんはあなたに治験から降りるように迫った。さらに備品室のジュースのボトルを入れ替えたことを指摘され、あなたはとっさに――」

「ちょっと待ってくれ」斎田は血相を変えてさえぎった。「アメリカで治験に参加していたのはそのとおりだけど、ジュースの件はまったくのでたらめだ、こいつの」

指さされた亜館は首をすくめてひと言、

「まあ、そう言うしかないわなぁ」

「冗談じゃないぞ。おれは殺人鬼じゃない。あれは正真正銘、事故だったんだ」

斎田は大声を発し、椅子を蹴って立ち上がった。

「座りなさい」乾はぴしゃりと命じて、「どのように佐伯さんと非常階段へ行ったのか、そこでなにがあったのか、ちゃんと説明してください」

斎田は空気をしぼませるように素直に椅子に座り直し、力なく語りはじめた。

「こいつらが娯楽室でゲームをしているとき、おれは病室に置き忘れた携帯電話を取りに戻ろうとしたんです。その途中、廊下で佐伯先生に呼び止められ、『話をしよう』と言われて非常階段へ出た。

そのときはもうアメリカでの話になると覚悟していました。おれも水もれ騒ぎの際にひと目見て、すぐにアメリカで会った先生だと分かりましたから。

で、非常扉から外階段に出て踊り場で、さっきも言ったように佐伯先生に問い詰められ、仕方なく事実を認めました。すると先生から、すぐに治験管理室へ行って事実を伝え、治験から降りるよう勧められました。

しかしそうすると、不正エントリーで治験の支払いも受けられなくなる。さらに次の仕事までの住まいもなくなる。それでは困るので、おれは黙っていてほしいと頼みました。じっさい、二か月前に同じ治験を受けていたとしても、得られるデータにはなんの不都合もないはずだし、海外治験に参加していたことなんか、黙っていればばれようがない。

なのに佐伯先生は『それは駄目だ』と言っておれの手をつかんだ。その手で治験管理室まで引っ張っていきそうな勢いだった。おれは手を振り払い、先生の肩を押した。

先生はそのはずみで階段を踏み外し、手すりに手を伸ばしたけど、つかみ損ねて鉄棒の前回りのように手すりを軸に身体を半回転させ、真っ逆さまに落下してしまった。

あわてておれは階段を駆け下りた。二階だから大した高さではないけど、頭から転落したためか、佐伯先生は地面にうつぶせになったままピクリとも動かなかった。身体をゆすってみてもまったく反応がない。

すぐに助けを呼ばなければという気持ちと、この場から逃げねばという衝動がせめぎあった。もう先生は死んでいる、報せても救命はできない、ならば逃げようとの結論にすぐ達した。

祠横のベンチに座らせ、そばにあった怪物マスクをかぶせたのは、その方が死体ではなく生きている人間に見えると思ったからです。

それで休んでいるよう偽装し、しばらく時間稼ぎをして、その間に、死体を隠す方法を見出すか、正直に事故だったと申し出るか、いずれかの道を選ぶつもりでした。

病院の事務室に行って長々と時間をつぶしたのは、なかなか決心がつかなかったためです。ただそれにも限界があります。隠蔽工作はなにも思いつかなかったけど、いったん戻るしかない。

いよいよ覚悟を決めて建物の外を回って祠の方へ戻りかけ、足が止まった。すでに非常階段の周囲に人だかりができていたからです。死体が発見されたのが遠目にも明らかでした。その時点では、死体が祠の横のベンチから非常階段の下へ移動していたとは気づきませんでした。

おれはゆっくりとその場を離れました。いずれおれの犯行と突き止められるでしょうが、一方でだれにも見られてはいないはずなので、もしかすると、との望みにすがる選択も捨てがたかったんです。

娯楽室へ戻り、みんなと一緒に何気ないふうをよそおいつつ、気が気でない時間を過ごしていると、ＣＲＣから佐伯先生の転落死についての説明がありました。どうやら他殺か事故死か自殺か、不明のようでした。おれはひそかにほっと胸をなでおろし、このまま転落事件の真相が闇に葬られることを願い、治験を続けたんです。

佐伯先生の死体がなぜ移動したのか、おれには分かりません。ベンチに座らせたときは、すでに死んでいると思い込んでいましたが、今振り返るとまだ息があったのかもしれません。とするとあの場ですぐに助けを呼ぶべきだったと悔やまれます。

あと、毒入りジュース事件ですが、あれにはおどろきましたし、まったく関与していません。もちろん毒入りボトルなんか持ち込んでないので、佐伯先生にその場を目撃されることなどありえません。

これが事件とおれの関わりの真相です。経緯からして佐伯先生の死に責任があるのは間違いありませんが、殺すつもりはありませんでした。毒入りジュース事件には無関係です」

斎田は語り終えると、息をもらして乾を見つめた。その横顔には胸のつかえがようやく下りた安堵の心が浮かんで見えた。

(おそらく、これは)

斎田の正直な告白だろう。乾も納得したような顔をしている。

しかし――――、亜館はどう出るか。

横を見ると、亜館は満足げな顔で乾に誇る。

「ほらね。やっぱり僕のにらんだとおり。大筋で間違いなかったでしょ」

斎田だけでなく坊咲も、どういうことかと乾に目をやった。乾は空咳をして、ばつが悪そうに説明する。

「もともと、間違った推理を話して、その反論として斎田さんから真実を引き出すシナリオでした。隠しマイクもその小道具のひとつです。

私はあまり気乗りがしなかったが、亜館氏の推理にわれわれが知る事実と符合する点があったため、試す価値があると判断したわけです。

これは捜査上の秘密でしたが、佐伯さんの身体には一度の転落だけではつきえない、複数の打撲の痕がありました。一度目は斎田さんともみ合って落下した痕跡、そしてもう一度、なんらかの理由で転落してついた痕跡、と考えると説明がつき、今の斎田さんの話とも矛盾はありません」

「では、亜館さんが言ったように、佐伯先生は一度目の転落では意識を失っただけで、その後、蘇生してみずから階段を上り、誤って再度転落して死亡したんですか」

坊咲の問いに、乾は首をふった。

「そこはまだはっきり分からない。だれかが佐伯さんを担ぎ二階に上り、そこから故意か誤ってか、転落させたという可能性の方が高いかもしれない」

この言葉を聞いて、斎田ががぜん元気を取り戻し、

「ってことは、おれが殺人犯じゃないのはほぼ確定だな。無罪放免ってわけだ」

「そうはいかん」乾が厳しい目を向けた。「佐伯さんを二階から突き落として大けがをさせたのだから、傷害罪は成立する。そしてそれよりもなによりも、毒入りジュース事件に無関係という言い分も、今の段階ではまだ鵜呑みにはできない」

「なんでですか、逆にどうしておれと毒入りジュース事件の関連を疑う理由があるのか、教えてく

ださい」

「亜館氏によれば、あなたはほかの被験者たちの飲料の摂取状況をやけに気にしていたらしいじゃないか。坊咲さん、そうだったんですよね」

いきなり問われた坊咲は、あわてつつ、

「えっ、……たしかに喉が渇かないか、時々聞かれました。僕だけでなく、ほかの人たちにも声をかけていたように思います」

「どうです。ジュースになにもないのなら、なにを気にしていたのです。あなたはだれがよくジュースを飲むか観察して、特定の人物を狙って毒を仕込んだんじゃないのかね」

「ないのかね、って、ないですよ、そんなわけ。だれがよくジュースを飲むか分かったところで、特定の人物にドリンクサーバーのジュースを飲ませるタイミングなんて細工のしようがないんだから、確率が悪すぎるでしょう。あれは絶対、愉快犯の仕業ですよ」

「じゃあ、なぜジュースのことをそれほど気にかけていたんだね」

「じつはアメリカで治験を受けたとき、気づいちゃったんです。プラセボはまったくの無味無臭ですが、実薬にはわずかに苦みというか、服用したあと口の中が渇く感じがあってジュースを飲みたくなるんです。アメリカのほかの被験者たちも同様でした。つまり、服用直後の被験者の行動を観察すれば、どちらを割り付けられたか見当がつく。

ですから今回の治験でも、僕はだれが実薬でだれがプラセボだかだいたい分かりました。いろいろ聞きまわったのはそういうわけで、とくになにかを企んでいたわけじゃないんですよ」

はじめて知る話だ。しかし、言われてみれば、坊咲も服用後、口が渇きジュースをよく飲んだ。そしてオレンジジュースのサーバーに集まる顔ぶれはいつもほぼ同じだった。

乾はどう判断すべきか迷ったような顔をして、

「毒入りジュース事件については、今後の捜査で明らかにしていくとして、まずは佐伯さんへの傷害容疑であなたを逮捕します」

病室の外にいた制服警官を呼び入れた。斎田は乾と制服警官に連れられ、坊咲たちの病室をあとにした。

三

斎田が逮捕され、警察署へ連行されたと、黒タンから聞き、八島はおどろくと同時にほっとした。

「これで事件解決となれば、ほかの被験者さんたちもいよいよ退院だね」

黒タンも期待を込めて言った。八島もそう願う。警察にこれ以上、付きまとわれるのはご免だ。

ところが、斎田が連行されて半日も経たないうちに、また乾があらわれた。八島に話を聞きたいという。ちょうどそのとき、治験管理室には他にだれもいなかったので、ミーティングスペースに入ってもらった。

「逮捕した斎田さんの取り調べをされているんだと思っていました」

大きなテーブルを挟んで向かい合った乾に八島は言った。

取り調べ担当は別の刑事で、乾は証拠固めの聞き込み役なのだろうか。

乾は八島の疑問には反応せず、いつもの鋭い目つきで言った。

「じつは斎田には佐伯さんの事件の容疑はかかっていますが、毒入りジュース事件については、別人の犯行との線が有力なんです」

ならば、まだ自分の容疑は晴れていないのか。せっかく研究所への異動がうまくいきそうなのに。

「それでなにをお尋ねでしょう」

どうせまたなにか八島を犯人に仕立てる手がかりでも見つけてきたのだろう。

ところが、乾は八島が想像だにしなかった点を突いてきた。

「前に治験薬は実薬とプラセボがあって、どちらを服用しているか、だれにも分からないとおっしゃっていましたよね」

「ええ」

「ところが、斎田の話だと、実薬にはプラセボにはないかすかな苦みがあるそうです。服用経験があると自分がどちらを服用しているか分かり、また、ほかの被験者たちについても、行動からどちらを割り付けられているか察しがついたと言っています」

乾は、実薬の被験者たちがジュースをよく飲んでいたという、斎田の証言を伝えた。

初耳だった。添島からもそんな話は聞いていない。そもそも、なぜ斎田がＣＲＣでさえ知らない治験薬の特性を知っているのか。

「斎田は二か月前にアメリカで実施された同じ治験に参加していたと言っています。こちらではその事実を伏せていたようですが」

治験参加の条件に、過去三か月以内にほかの治験に参加していないこととあるが、これは被験者の自己申告を信じるしかない。嘘をつかれれば国内であっても見破るのは難しいし、ましてや海外となればなおさらだ。

「そうだったんですか。それはまったく知りませんでした」

おどろきを素直に口にした八島の顔を、乾はじっと見て、

「ほんとうにご存じなかった？　じっさいはだれがどちらの薬を割り付けられたか分かっていたんじゃありませんか」

特定のだれかを狙って毒を投与するのは無理と断言してきた八島の主張がくずれた。乾の疑いが向くのも当然か。

しかし、知らなかったのは紛れもない事実だ。そもそも斎田の一方的な言い分を鵜呑みにしていいのか。

「ＳＵ－４８０にほんとうにそういう特性があるのかメーカーに問い合わせてみます。警察はもう確認したんですか」

「今、捜査員がハリスン製薬の本社に話を聞きに行っています」

「そうですか」と言って八島はふと疑問がわいた。「でも前のお話ではたしかジュースの毒の濃度は低かったんですよね。犯人は特定のだれかを狙ったわけじゃないとの話だったような」

「そうは言っていません。だれかを殺そうとしたわけではなく、脅しや警告だったかもしれないと

言ったのです。しかし、まあ、毒入りジュース事件にはまだ判明していない謎があるのも事実です。ですので、まだしばらくは、ほかの被験者たちに病院内にとどまってもらうようお願いしたいのです」

まだ毒入りジュース事件とのかかわりは切れそうもない。

乾が治験管理室を去ったあと、八島はハリスン製薬の添島に電話をした。

「今、警察の方から聞いたんですけど」

SU－480の実薬にはかすかな苦みがあり、プラセボとの相違を判別できる、逮捕された斎田はアメリカでSU－480の治験に参加しており、その事実を体感したらしい、との説明をして、

「添島さん、苦みの件、知ってました？」

〈じつは今回の治験開始直前に聞いてました〉

添島はあっさり認めた。アメリカでそういう報告があったという。

ただ、気づかない被験者の方が多く、日本での治験開始の時期が迫っていたのでとくに対応はしなかった。

〈次のフェーズでは、錠剤をコーティングするとか、なにか対策を講じるはずです〉

「そういう情報は事前に報せてほしかったですね」

八島は嫌味を言ったが、二重盲検試験という建前上、教えるわけにはいかなかっただろうことも理解できる。それに斎田の違反に気づかずエントリーさせてしまった弱みもあるので、あまりしつ

こくは責められない。

電話ごしに一瞬の間が空き、

〈……八島さん、じつは今、会社に捜査機関が来ているんですよ〉

と、どこか声をひそめるような口調の添島。

「ああ、治験薬のことを聞きに捜査員が行くって、乾警部補が言ってましたね」

〈その件じゃなくて……〉添島は言いよどんだあと、〈別の捜査が入っているんです。もうすぐニュースになるかもしれないので、いちおう、お耳に入れておこうと。――あっ、すみません、ちょっと呼ばれたので、これで失礼します〉

謎の言葉を残して添島の電話は切れた。

その後、八島は業務に忙殺され、添島の思わせぶりな物言いも意識の外へ追いやられていった。


夕方になって少し空き時間ができたので、病棟を覗きに行くと、亜館と坊咲の病室に、村上、新貝、影山、つまり斎田とＳＡＥ以外の被験者たち全員が集まっていた。テーブルに置かれたラジオを囲んでいる。

「八島さん、この話、知ってた？」

亜館がラジオを指さした。ニュースの時間らしく、新宿の宝石店での強盗事件が報じられている。

「あれ、話題が変わっちゃったみたいだけど、この前にハリスン製薬の本社に検察の捜査が入ったニュースをやってたんだ」

「えっ、なんの捜査ですか。今回の事件と関連があるんですか」

おどろいて問いかけながら、添島の話が記憶によみがえってきた。

「くわしくは言ってなかったけど、重役のひとりがインサイダー取引で事情聴取を受けているんだってさ」

なるほど、添島が言っていたのはこのことか。しかし、それとこちらの事件となにか関係があるのだろうか。

同じ疑問を抱いたのか坊咲が問いかける。

「これ、たまたま同じ時期に起きただけなんですかね」

その場にいたほとんど全員が首をかしげる中、亜館が自信ありげに断言する。

「たまたま、なんてことはこの世にはほとんどない。相関関係にはたいてい因果関係もあるように、インサイダー取引もきっとどこかでこの病院での事件とつながっているだろう」

「でも、たまたまってことはありえますよ」坊咲が言った。「この治験参加者だって十人しかいないのに、村上さんと斎田さん、二件の別々の事件の犯人が交じってたんですから。さらにもし毒入りジュース事件の犯人が残りの被験者から出たら、ものすごい犯罪者率になりますね」

「坊咲君、君ってまじめな顔してひどいこと言うな。言っておくけど、僕は元犯罪者であって現役じゃないから」

村上が抗議の声をあげると、村上を含めて被験者全員が笑いあった。

（まったく）

とんでもない治験を担当したものだ。

八島はあきれながら病室をあとにした。

終業時間を過ぎ、帰り支度をはじめて、治験用資材の返却の件で添島に連絡しなければならないことを思い出した。電話をして用件が片づくと、添島が気まずそうな口調で切り出した。

〈インサイダー取引のニュース、ごらんになりました？〉

「見逃しましたけど、話は聞きました。くわしくは知りませんが」

〈そうですか〉添島のため息が聞こえる。〈どうやらＳＵ－４８０の問題で株価が大暴落する直前、自社株を大量に売った者がいるんです〉

「えっ、それってＳＡＥの公表前ですよね。まさか添島さんや神坂さんはかかわってないですよね」

ＳＵ－４８０のＳＡＥの件は短期間のうちに広まり、テレビでも大々的に報じられた。インサイダー取引の機会があった人物は限られる。八島の問いに、

〈もちろんかかわってないです〉添島はあわてて否定したあと、声を落とし、〈もっと上の人間、朝比奈です。今日も検察に呼ばれて事情聴取されたみたいです〉

ハリスン製薬の開発部門のトップなら、ＳＵ－４８０でＳＡＥが出たこともすぐに連絡を受けたはずだから、自社株の売り抜けも可能だったろう。

しかし、開発のトップの人間が、自社の開発薬の有害事象で利益を得ようと画策するとはおどろ

きだ。

〈そういうわけで、しばらくはゴタゴタしてご迷惑をおかけするかもしれませんが、よろしくお願いします〉

「あっ、いえ、こちらこそ」

なにか頓珍漢な受け答えだと思ったが、ほかに言葉も浮かばない。


帰宅の途中、八島は市内のショッピングセンターに寄った。愛用の化粧水を切らしたことを思い出したためだ。

一階の化粧品売り場で目的の買い物を終え、帰ろうと入口の方へ向かうと、エレベーター前に黒タンの姿があった。ふたり連れだ。

相手は若い女性のようで、背を向けているが、黒タンの表情から、かなり親密な関係がうかがわれた。黒タンはすっかり鼻の下を伸ばしている。

(カノジョ、ほんと、実在したんだ)

それだけでも軽くない驚きだったが、女性が少し向きを変え、顔があらわになると、心底驚愕した。

(木村比呂美……)

どうして？　なにか仕事の用事か。

いや、そんなはずはない。ふたりの業務に共通点などないし。

おそらくふたりは最上階のレストランフロアで、これから食事なのだろう。

そういえば、その後、黒タンと八島のデートは立ち消えになっている。

(まあ、それはいいけど)

八島はふたりに気づかれぬよう、別の出口を迂回して駐車場へと向かった。


翌日、八島が出勤すると、病院前に久しぶりにマスコミらしき人の姿があった。数名の記者とおぼしき男たちが敷地外で煙草を吸いながら言葉を交わしている。

(またなにか)

事件が起きたのか。もしくは過去の事件の捜査で大きな進展があったのか。

しかし、病院内には捜査員の姿はなく、朝の外来棟前もいつもの静けさを保っていた。

治験管理室へ入ったとたん、すでに出勤していた今宮が自分のデスクからあいさつもそこそこに、

「外の様子に気づきました? きっと白骨事件で来ているんですよ。たしかDNA鑑定の結果が出て、被害者の身元が判明したとニュースになってましたから」

「あら、そうなの」

気のない返事をするが、今宮はさらに身を乗り出して、

「ずっと噂されていた君島みどりじゃなかったんですよ。三年くらい前に失踪した女子大生ですって」

「ふーん」

興味のないことを分からせるために、目を合わせずに自分のパソコンを開くが、別の治験を担当しているCRCが自席を離れて、今宮に質問した。

「なんで君島みどりってことになったんだっけ、白骨死体が」

「遺留品からの推定みたいですけど、警察は正式発表していなかったですね。一部のマスコミが勝手に決めつけただけで」

「現場には犯人の手がかりも残ってたんだよね」

「あったにはあったみたいだけど、そこからDNAは検出できないみたいです、今の技術じゃ。まあこれもマスコミが言っているだけですけど」

好奇心旺盛な今宮はかなりの情報通のようだ。

歓迎したくない話題だが、ほかの暇なCRCも集まってきて、

「君島みどりって、もう十年以上前に亡くなってたみたいね。テレビで親戚がそう言ってた」

「なんで亡くなったの？」

「濁してたけど、自殺だったみたい」

「えっ——、ショック。『春の花火』大好きでDVDも持ってるんですけど」

ゴシップに花が咲いたが、黒タンが部屋に入ってくると、みなそそくさと仕事に戻った。

事務長たちとの会議に出席していたという黒タンは、昨夜のウキウキ顔とは打って変って、まじめに取りすましている。

ビックリニュースをみんなに打ちあけたいが、やっぱり秘密にしておこう。そんな八島の葛藤も

知らず、黒タンは八島と今宮を手招きして、

「SU－480の被験者さんたち、当初の治験期間が終了したら退院させることに決まったよ。警察の了解も取れたので、ハリスン製薬へは僕から連絡しておく。八島さんは被験者さんたちへの説明をよろしく」

被験者とCRC以外にも、オレンジジュースのボトルに毒を仕込むのが可能だったと分かり、容疑者の範囲はずっと広がった。彼らだけをいつまでも病院内にとめ置く理由もなくなった。当然の結論だろう。

「SAEの方たちはどうなるんですか」

死亡した小島以外の三人は、一般の病棟に移り容態は安定している。

「そちらも担当医の判断で可能なら退院してもらう。しばらくは外来で経過をフォローして、補償の話も進めていくことになるだろうね」

黒タンは淡々と告げた。

事件の解決はまだ見えないが、病院は日常の業務へと戻りつつある。

八島も次の治験の準備や女神コンテスト開催へ向けての作業、研究所へ移動のための引き継ぎなど、多忙な日々に追われることだろう。

四

朝食のあとしばらくして姿が見えなくなった亜館が病室へ戻ってきた。

「どこへ行ってたんです」

坊咲の問いに、

「史料館の跡地。マスコミが来ていた。中継車も出るかと思って待ってたんだけど来なかった」

テレビに映ると思ったのに、と憮然とした面持ちの亜館。

夕刊紙だか週刊誌だかが、白骨死体事件の被害者が、当初噂された君島みどりではないと報じたらしい。事実なら遠からず警察から発表があるだろうが、有名人がかかわる事件ではないと分かり、村上たちほかの被験者は興味を失っているようだ。

「まだ、あっちの事件にも首を突っ込むつもりなんですか」

あきれる思いで尋ねると、

「ああ、あっちもこっちもみんなまとめて面倒見るよ」

とやる気満々。

どうも亜館はなにかをつかんだようで、これまでと違い、坊咲を誘わず単独行動が多い。

昼前にＣＲＣの八島が来て、ＳＵ－４８０の被験者たちを坊咲たちの病室に集めた。

「警察にも了解をいただき、当初の予定と同じ明日、退院と決まりました。こういう形で終了するのは残念ですが、長期間にわたりお疲れさまでした」

「ああ、よかった」

と新貝、影山たちがほっとした顔をした。坊咲も同感だ。

「毒入りジュース事件の解決を見ずに病院を去るのは残念だなあ」

予想はできたが、やはり亜館は不服を口にする。

「まあ、いずれ警察が犯人を捕まえるでしょうから、僕らはニュースを待ちましょう」

坊咲がなだめるが、

「警察なんかに頼らなくたって、事件は解決できるのになあ。もう真相はほぼつかめているし」

亜館はなおも不満そうに頬を膨らませている。

「じゃあ、だれが犯人なんです、毒入りジュース事件は」

坊咲が問うと、亜館はまっすぐに八島の目を見て人差し指を突きつけて、

「ずばり、八島さん、あなたが犯人です。……というのは冗談で、佐伯先生が犯人でしたぁ――」

亜館の発言に、一同はどう反応していいのか判断がつかないようで、一様に押し黙った。こんなときにいつも反論していた斎田は逮捕されて不在。

亜館は物足りなそうな顔つきで一同を見まわし、

「どうしたの？　意外な犯人でしょ。質問ならいくらでも受け付けるよ」

と声をかけるも、だれひとり応じない。悪質な冗談のネタにされた八島も、怒っているのか、あ

きれているのか、無言を貫いている。

しかたなく坊咲が、

「佐伯先生が犯人だと、どうして分かったんですか」

と続きを促した。

亜館は機嫌を直して笑みを浮かべ、

「うん、まず、よく考えてみて。毒入りジュース事件の発生は治験開始から六日目のことだけど、備品室のオレンジジュースが毒入りボトルとすり替えられたのは、治験開始前日から五日目までだったと推定される」

治験開始前日に六本入りボトルが段ボール箱で搬入され、五日目の夜に備品室の扉が施錠されるまでの間、多くの者に備品室に近づく機会があった。それに対して六日目の朝、CRCの八島が備品室の扉を開け、派遣スタッフとともにドリンクサーバーに注ぐまでの間、ボトルをすり替えたり毒を混入したりする機会はないと思われるので、亜館の推理はいちおう納得できる。

坊咲がひとり同意のしるしにうなずくが、ほかの者たちの反応は薄い。しかし、亜館は意に介することもなく、上機嫌で続ける。

「では、これ以上、毒入りボトルすり替えの期間を狭めることはできないのだろうか。

治験初日、水もれ騒ぎが起こるまでの間は、二階の監視カメラも正常に作動していた。もし、その間に犯人が備品室に入っていたら、とっくに警察がその人物を特定しているだろう。しかし、今もってそんな話は聞かないから、水もれ騒ぎが起きる前には毒入りボトルへのすり替えはなかったと断定していい。

そしてその翌日の投与二日目に、佐伯先生の転落死があった。また、投与五日目には近隣の史料館の跡地から白骨死体が発見された。

つまり、投与二日目以降は警察官が院内にも大勢いて、僕たちもかなり神経質になっていたから、外部からの侵入者が備品室に入り込んでボトルをすり替えるのは難しかったと考えられる。また、内部の人間、つまり僕たち被験者にしても互いの監視の目があった。

また、当初考えられていた少量の毒の持ち込みではなく、一・八リットルの毒入りジュースのボトルを入院中長く隠し持っているのはリスクが高いうえに困難だっただろう」

やや強引とも思える推理だが、異論を唱える者もなく、亜館はかえって不服そうな顔をする。やはり斎田のような反対野党がいないと盛り上がらないのか。

気を取り直すように咳払いをして、亜館は続ける。

「よって、ここは大胆に治験初日の水もれ事故から治験二日目の転落事件の間に毒入りボトルとの入れ替えがあったものと推測し、だれがどのようにそれを実行したか考えてみよう。

まず犯人の立場になれば、用もないのに備品室に入るところを見られるのはまずい。いずれ毒がオレンジジュースのボトルに混入されていたことは明らかになるので、『そういえばあのとき、だれそれさんが備品室に入るのを見た』などという証言が出てきては困る。

また目撃されないよういくら用心したところで、監視カメラがある。計画段階ではもちろん、実行時も犯人はカメラが停止しているとは知らなかったはず。なので当然、その対応策を講じなければばならない。

　そこで治験初日を振り返ろう。僕たちが娯楽室で治験島の歴史の話をしたあと、水もれ騒ぎがおき、その直後、怪物マスクの医師とすれ違った。あのときはただ治験島のイベントに合わせて病院関係者がコスプレをしているのだと気にもしなかったけど、あれこそが犯行直後の犯人の姿だったんじゃないだろうか」

　坊咲は記憶をよみがえらせる。

　亜館が治験島の歴史を語り終え、娯楽室の空調から水もれが起きた直後だ。坊咲たち被験者が全員、廊下へ避難したとき、どこからともなく白衣姿の怪物マスクがあらわれたのだ。

『まったく、不謹慎にもほどがある』

　とはあのときの斎田の言葉だが、坊咲もほかの被験者たちもみな、医師がコスプレを楽しんでいるのだと早合点していた。

　しかし、亜館はあれが犯人の変装だったというのだ。

「たしか白衣の胸に『羽山』という名札がありましたね」

　坊咲は記憶を手繰りながら言った。

　その後も、怪物フェアへ行く途中など、羽山とは院内で何度か顔を合わせている。

「羽山先生が事件にかかわっているって言うんですか」

　八島がおどろいたように質した。

「いえ、あれは羽山先生ではありませんでした。そもそもマスクで顔を隠し、毒入りボトルを仕込もうとするとき、白衣に自分の名札をつけたままにするバカはいません。あの名札も変装アイテムのひとつだったのです」

「じゃあ、佐伯先生が怪物マスクをかぶって羽山先生のふりをしてたってことですか」

坊咲が質すと、亜館はこくりこくりと首をふった。

「そういうこと。そして本来なら、備品室に忍び入り、段ボール箱からジュースのボトルを一本抜き取り、毒入りボトルにすり替えて、素早く退散するはずだったのに、たまたま水もれ事故が起きてしまったのが佐伯先生の誤算だった。

突然、ぞろぞろと僕たちが廊下に出て、ばったり顔を合わせてしまった。もちろんそういう場合にそなえての怪物マスクだったわけだけど、佐伯先生はそうとう焦っただろうね。

そのまま階段の方へ行けばよかったのに、通り過ぎて僕たちの病室の方へ向かってしまった。その先は行き止まりだ。

ここで方向を転じてまた僕たちと顔を合わせると悪目立ちしてしまう。怪物マスクで顔を隠しているんだから、堂々としていればいいのに、悪事を働いている意識が平常心を失わせたんだろう。みずから怪物マスクを取って正体をあらわにした。そして名札も自分のものに戻して、八島さんと僕たちが近づくと、前からそこで待っていたかのように出迎えたんだ。僕たちは僕たちで水もれ騒ぎに気を取られ、怪物マスクとすり替わった同一人物とは気づかなかったわけだ」

あの混乱の中、佐伯医師とはじめて会った。そして坊咲たちにとっては最後の顔合わせでもあった。はたして亜館の言うように、佐伯はその直前にすれ違った怪物マスクと同一人物だったのか。

たしかにあのとき、怪物マスクも佐伯も同じような紙袋をもっていた。あの中にとっさにマスクと名札を隠したとすれば、つじつまはあう。

「ちょっと確認したいんですけど」坊咲は質した。「仮にそれができたとして、じっさいにそうだった証拠はあるんですか。それともただの推測ですか」

「決定的な証拠はないよ」と亜館は認めつつ、「でも、状況証拠ならいくつかある。まずひとつはエントランスにある外来担当表横の掲示板に、十月二日と九日の午前の羽山先生の外来が出張のため休診とあったことだ」

先日、亜館が熱心に外来担当表を見ていたのは、この事実を発見したためか。

「ご承知のとおり、十月二日は水もれ事故のあった治験初日。僕たちが怪物マスクの医師とすれ違ったのは、初回投与とそのあとの採血を終えたあと、午前十時ごろだった。

掲示板のお知らせがそのまま残っていたから、十月二日の午前中、羽山先生が院内にいなかったのはまず確実。とすれば、あの怪物マスクが羽山先生でなかったのは間違いない。

そしてもし怪物マスクが佐伯先生と別人だったら、ふたりは廊下ですれ違ったはずだ。佐伯先生が羽山先生の出張を知らなかったとしても、あのような場所で出会ったら声をかけただろうし、そうすれば別人であることに気づいた可能性も高い。しかし、そのようなことは起きず、怪物マスクの人物は煙のように姿を消してしまった」

廊下の途中にはトイレがある。怪物マスクがトイレに隠れた可能性はある。

その点が穴だと思うが、亜館の推理にも一定の説得力はある。

「さらに」と亜館は続ける。「あの日の夕方になって、僕と坊咲君は怪物フェアに行こうとする羽山先生に会っている。もともと羽山先生はそうしたイベントに出向くようなオタク気質の持ち主だった。それを知っていたがゆえに、佐伯先生も怪物マスクに羽山先生の名札を取り合わせたのでしょう」

亜館が問いかけるような目を八島へ向けると、八島は首を横にふって、

「羽山先生はぜんぜんオタク気質なんかじゃありませんよ。それはともかく、佐伯先生が毒入りボトルを仕込んだ動機はなんでしょう」

当然の疑問だ。佐伯はアメリカでSU－480の治験にかかわり、日本では最先端の医薬品の開発にも携わっていた。なぜ治験の妨害、それも人命まで奪うような悪質なまねをするのか。

「すでに佐伯先生が亡くなられている以上、正確なことはわかりません。もしかしたら佐伯先生はハリスン製薬に不満があったんじゃないでしょうか。アメリカではSU－480の治験に加わっていたのに、日本では外されたことに恨みを抱いた。もしくは今回の治験とはまったく別の理由があったのかもしれない。たとえば研究費の助成を断られたとか」

「どちらもありえません」亜館の説明を、八島はにべもなく否定した。「佐伯先生がこの病院でSU－480の治験に参加しなかったのは、帰国間もない先生が多忙だったためです。ハリスン製薬はむしろ事情が許せば先生に参加してほしかったはずです。また、佐伯先生の研究には国から助成金、多くの企業から寄付も寄せられていると聞きます。ハリスン製薬の思惑なんか、先生はまったく気にされなかったはずですよ」

分が悪いのを意識したのか、亜館は早口になって、

「動機に関してはまだ不明の点が多々あるのは認めます。でも、あのときいるはずのない羽山先生に成りすまして娯楽室の前に居合わせた可能性が最も高いのは、佐伯先生であるのは動かしがたい事実ですからね」

と自身の推理の正当性を強調するが、説得力に乏しいことは自覚しているようで、先細りに声が小さくなった。

「まあ、ともかく、入院も今夜で終わりなんですから、事件のことはひとまずおいて、最後の夜をゆっくり過ごしましょうよ」

坊咲はなだめるように言った。

五

ＳＵ－４８０の被験者たちの病室を離れ、治験管理室へ戻る途中の廊下で、ばったり羽山と顔を合わせた。

「あっ、八島さん。六時からのミーティング、ちょっと遅れそうなので、みなさんに伝えておいてください」

「わかりました。――ところで、先生、十月二日と九日の午前の外来、休診になっていましたけど、なにかあったんですか」

「大学の講義があったんで小林先生に代わってもらったんだけど、どうして？」

「いえ、ちょっと気になったもので」

適当にごまかして階段で別れた。

どうやら、治験初日に何者かが怪物マスクをかぶって羽山のふりをし、娯楽室前の廊下にいたのは確かなようだ。そうすると、やはりその羽山の成りすましが毒入りボトルを仕込んだのだろうか。

（だとしても）

その成りすましが佐伯だったとの亜館の仮説は、やはり根拠に乏しいように思うのだが。


治験管理室で仕事をしていると、デスクの電話が鳴った。

〈ハリスン製薬の添島です〉

「どうも、八島です。またなにかありました？」

呪われたように事件が相次いでいる。身構える気持ちが先立った。受話器の向こうで添島の苦笑する気配が伝わった。

〈いえ、いえ、とりあえずというか、なにもありません。あっ、そういえば、朝比奈が退職するとの噂はありますが〉インサイダー取引に関する社内情報にさらりと触れ、〈それよりいよいよ、明日でSU‐480も終了ですね。僕もそちらへ顔を出させてもらおうと思って電話しました〉

「何時ごろになります？　午前中は被験者さんたちへの対応がありますので」

〈午後一時に事務長にアポをいただいているので、そのあとに。午後二時でどうでしょうか〉

事務長とのアポということは、中止になった治験の費用負担の交渉がいよいよはじまるのだろうか。もしそうなら、神坂もいっしょに来るかもしれない。

「了解です。お待ちしてます」

と言って電話を切った。


翌日、だれよりも早く治験管理室へ行き、仕事の準備をしていると、黒タンも出勤してきた。

「今日でSU－480も終了ですね」

「はい、午前中に診察と検査をして、問題なければ全員退院です」

「来週から新人CRCが来るんで、引き継ぎをよろしく」

八島の転出にともない、若手の臨床検査技師がCRCとして入ってくる。

（いよいよ）

治験管理室とのお別れと、遺伝子医学研究所への異動。気を引き締めていかなければならない。


午前九時、八島は今宮とともにSU－480の被験者たちの病室へ向かった。亜館、坊咲、村上、新貝、影山の五人の退院前、最後の診察に立ちあうためだ。途中の廊下でいっしょになった治験責任医師の榊原と病室に入り、五人の診察と簡単な検査をおこなった。診察と検査は十五分ほどで終わり、全員に異状がないことが確認され、榊原は退出した。

「それではお疲れさまでした。これで退院していただいて結構です。負担軽減費につきましては、みなさんの銀行口座に来月十日に振り込まれるはずですので、ご確認ください。いろいろありましたが、ご協力ありがとうございました」

八島は被験者たちに頭を下げた。

「佐々木さんたちはどうなるんですか」

新貝が尋ねた。

「SAEの方たちも、今回、診察と検査で異状がなければ退院となります」

ちょうど今ごろ、内科病棟の医師と看護師が診察にあたっているはずだ。

「ああ、長く感じたのに、いよいよ終わりかと思うと、なごり惜しいなあ」

亜館が言った。被験者たちは診察と検査のあとすぐに退院できるように荷物をまとめているが、亜館だけはベッドの周りにまだこまごまとした私物が散乱している。

「私事ですけど、今回の治験を最後にわたしもこの病院から異動して隣の研究所に勤務となります」

言おうかどうか迷ったが、思い切って口にした。ある種の高揚感と解放感に押された感じだ。

「転職を希望していたんですか」

坊咲が尋ねてきた。

「ええ、転職というか、前から異動の願いを出していたので」

「やりがいのありそうな仕事ですね、おめでとうございます」

「ありがとうございます」

八島と坊咲の親しげなやり取りに疎外感を覚えたのか、亜館が割り込んできて、

「ねえ、ねえ、退院のあとで体調不良が起きたり、質問したいことが出たときに別の人が対応するんじゃ、話が通じなくなっちゃうんじゃない」

「今宮がいますし、わたしもしばらくは病院に残って後任に引き継ぎをしますから、ご安心くださ い」

「だったらいいけど」

と言いつつ、亜館はまだ不満そうな顔。

「あと、午後には病室に清掃が入りますので、それまでに荷物の整理もお願いします」

八島が散らかった荷物を指すと、亜館はますます渋い顔になった。

「そんな急かさなくても、ちゃんと退院しますよ。荷造りなんて五分もあれば終わるんだから」


退院するSU－480の被験者たちを、今宮とともにエントランスまで見送ったあと、八島は治験管理室へ戻った。

製薬会社の担当者にメールを送ったり、書類の整理をしたり、こまごまとした仕事をしているうちに十二時をすぎた。黒タンもほかのCRCも出払っていて、治験管理室内には八島しかいない。ランチに事務の木村でも誘おうかと考えていると、ドアがノックされ、乾が顔を覗かせた。

「治験の方たち、みな退院したようですね」

「ええ、十時に亜館さんたちが。そのあと中毒の治療を受けていた方たちも全員、ぶじ退院されま

した」

「これで事件も解決となれば、すっきりするんでしょうが、もう少々時間がかかりそうです。だからってわけじゃないのですが……」

乾はいつものように話があると告げた。

「会議室を取ります？」

「前のように広場のベンチでも構いませんよ」

「ではそうしましょう」

八島は乾とともに病院のエントランスを出て、前に行った広場のそばのベンチへ向かった。

広場では女神コンテストの会場設営のため、単管パイプで足場が組まれはじめていた。ちょうどお昼の時間で工事は止まっているが、あいにくベンチはほとんどふさがっている。

木立のそばの芝生に並んで腰を下ろした。いちばん近くのベンチからでも十メートル以上離れているので、盗み聞きされる心配はないだろう。

しばらく沈黙が続いたあと、八島の方から切り出した。

「それでなにか新しいことが分かったんですか」

忙しい乾がなにもないのに時間を割くはずがない。

乾は八島の問いには直接答えず、広場の方へ目を向けて、

「まもなくここで女神コンテストがはじまるんですよね。たしか八島さんもその運営にかかわっているそうで」

「ほんの雑用係ですけど」

「ご謙遜を。コンテスト出場者の予備選考や研究所との交渉係など、活躍されていると聞きましたよ」

相変わらずいろいろ嗅ぎまわっているようだ。でも、なぜ、コンテストのことを。事件と関係があるのだろうか。

そのことを問うと、

「例の白骨事件、ありましたよね」

「ええ、でも、あれは女神コンテストに出た方の骨ではないと判明したんじゃありませんか」

そもそも乾はあの事件の担当でもないはず。

(それなのになぜ)

ざわつく胸を抑えながら、八島は乾の続きを待つ。

「たしかにあの骨は当初、被害者と思われた人物とはＤＮＡが一致しませんでした。あと、私も担当じゃないんで、昨日まで知らなかったんですが、白骨死体はもともと別の場所に埋められていて、最近になってあの現場に移されたものと判明したようです。史料館が取り壊され、あの場所が掘り返されると決まったあとに埋められたんですね。なぜ、犯人はわざわざそんなことをしたんでしょう。そして遺留品として過去のコンテストの優勝者の私物を紛れ込ませておいた。犯人の狙いはなんでしょうか」

「さあ、わたしには見当もつきませんけど」

「そうですよね。じつは私にもさっぱり分かりません」

「……で、その件と病院の事件、なにか関係があるんですか」

「事件が起こると警察は関係者について、いろいろ掘り下げて調べるんです。するとひとつ興味深い事実が明らかになりました」

ここでいったん乾は口を閉ざし、反応をうかがうように八島を見つめた。広場の向こうで小さな子供がふたり、大声をあげて追いかけっこをはじめた。八島はその様子に見入るふりをして乾から目をそらした。

「第一回の女神コンテストで優勝した君島みどりさん。あの方は八島さんのじつのお姉さんだったんですね」

おそらく乾は八島の横顔を凝視しているのだろう。そう意識しながら、八島は走り回る子供たちを目で追う。


姉の翠《みどり》が第一回女神コンテストに応募したのは、八島が中学一年のときだ。

翠は幼いころから歌やダンスが好きな活発な性格で、それまでものど自慢大会やドラマのオーディションに積極的に参加していた。引っ込み思案でひとりで音楽を聴いたり、読書をしたりするのを好む八島は、なんとも奇特な姉だと思っていたが、少しうらやましい気持ちもあった。

女神コンテストには本名以外でのエントリーが認められていたので、まだ高校在学中だった翠は、母の旧姓を取って「君島みどり」として出場し、見事優勝した。

一年間、ミス女神として活動したあと、映画に出演した翠は一躍時の人となった。その後の芸能活動も順調で、テレビドラマ出演やレコードデビューも決まり、翠は撮影やらレッスンやら毎日を忙しく過ごしているようだった。

そのころ八島も高校受験を控え、充実した日々を送っていた。実力以上の難関校を第一志望にし、自分の限界に挑戦する苦行もまた楽しかった。じっさい、食事と入浴と睡眠以外の時間はほとんど勉強に費やしていた。だから芸能人と暮している意識もなく、以前と変わらない関係を続けていたように思う。翠の方もデビュー以前とまったく変わらず、明るく家族に接していた。

それだけに翠がある日突然、仕事を放り出してドラマのロケ現場から姿を消したと聞いたときにはおどろいた。

マネージャーから家に連絡が入り、失踪時の様子が明らかになった。自分で呼んだタクシーに乗り込むところを複数人が目撃しているので、無理やり連れ去られたわけではない。直近でとくに変わったところもなかった。仕事は順調、恋愛や人間関係での悩みがあった様子もない。もしかすると数か月、休みらしい休みがなかったので、燃え尽きてしまったのかもしれない。所属していた事務所と両親は、心当たりを捜し回ったが見つからず、むなしく二日が経過した。

警察へ報せる相談を、自宅で両親と事務所の社長がしているさなか、ふいに翠は戻ってきた。その場に八島もいたが、翠はまるで散歩から帰ってきたような自然な様子だった。ただ、全員のおどろきになんの反応も示さず、薄笑いを浮かべたような顔で自室へ引きこもったのが異様だった。

その後、翠は自室から出ることはほとんどなく、予定されていた仕事もすべてキャンセルした。

事務所と両親は、翠を通院させ診察と治療を受けさせた。

うつ病の診断を受けた翠の引きこもり生活は、数か月間続いた。その間、家族も息をひそめるようにして、翠の様子をうかがった。翠は外出をまったくせず、八島たち家族と顔を合わせないようにタイミングを見計らってトイレは使うが、入浴はほとんどせず、翠が歩いたあとの廊下や使ったあとの洗面所には異臭が漂っていた。人一倍おしゃれできれい好きだった翠の豹変に、うつという病の底知れない恐ろしさを実感した。

八島は志望校に合格したものの、その喜びを翠と分かち合うこともなく、ひっそりと両親と出前の料理でお祝いをした。

暗くて重い影に覆われたこんな生活が永遠に続くのだろうか。そんな考えも頭をよぎった。しかし、長い冬が終わり、高校の入学式も近づいたころ、翠にも少しずつ変化があらわれてきた。

それまでは母が用意した食事を自室でしかとらなかったのに、こっそりキッチンでカップ麺を食べるようになった。そして時々は入浴もし、八島が高校生活にようやく慣れたころには、外出こそしないものの、翠はふつうに家の中で暮らし、振る舞うようになっていた。リビングで新聞を読んだり、テレビを見て笑ったりすることもあった。

ようやく長いトンネルを抜けつつある。ここはあせらずじっくり見守ろう。翠があらためて進学を考えるのなら応援し、もし芸能界に戻りたいのなら、少しずつ仕事を再開する相談を事務所としよう。両親はそんな話をしており、八島もそれがいちばんいいと思った。

その日は久しぶりに家族四人そろっての朝食だった。八島が吹奏楽部の朝練のため、急いでシリ

アルをかきこんでいると、

『秋のコンクール、わたしも見に行けるといいな』

翠がつぶやくように言った。

目を輝かせて口を開こうとした母を、父が目で制して、

『そうだねえ、みんなで優里の応援に行けるといいね』

落ち着いた声音で言った。

励ましの言葉も、うつの患者にはプレッシャーになると主治医から注意を受けていたので、両親の言葉選びはいつも慎重だった。

このときも翠は上機嫌にうなずいて、ふつうに食事を続けた。

八島が連絡を受けたのは、午前の授業が終わった直後だった。

急いで病院に駆けつけると、放心した両親の姿があった。

八島が家を出たあとしばらくして、翠は自室へ戻ったという。その直前に、毎年家族で行っていた夏の旅行に着ていく服を選びたいとも口にしており、また一歩、回復に近づいたと両親は胸をなでおろした。

十一時すぎに母が部屋の外から声をかけたが返事がないのでドアを開けると、壁に立てかけたベッドの脚にかけた紐で首を吊っている翠の姿を発見した。絶叫を聞き、駆けつけた父とふたりがかりで紐を外し、すぐに救急車を呼んだが、病院で死亡が確認された。

翠の死は両親の希望で公にされなかった。所属していた事務所もそれを酌んで、いっさい情報を

もらさなかったため、君島みどりは伝説のアイドルとして一部の熱心なファンの心に残り続けることとなった。

「お姉さんが亡くなられたあと、八島さん一家は仙台へ引っ越されたんですね」

乾が言った。

「ええ、父の仕事の都合で」

それは事実の一部でしかない。もし翠の件がなければ、父は単身赴任していただろう。八島にとっても入学間もない学校をやめるのはつらかったが、大きな変化が必要だった。それまで専業主婦だった母が貿易会社に就職したのも、同じ理由だったのだろう。

八島家は翠の悲劇を受け止め、それを乗り越えた。引っ越しのあと数年は、仙台の家にもいたるところに翠の私物が置かれていたが、少しずつ整理されていった。今でもお気に入りだった洋服や小物など、翠の思い出の品はたくさん残っているが、リビングに飾られた写真などを除くと、クローゼットやタンスの中にしまわれ、母が思い出に浸りながら懐かしそうに取り出すとき以外、目にすることもない。

「白骨死体が出て、翠さんだと疑われたときは、それが間違いだと分かっていたんですよね。しかし、八島さんはだれにもそのことを告げなかった」

咎めるような口調で乾は言った。あえて挑発しているのだろう。

「正式に姉と発表されたわけでもないし、事件にかかわりがあるのならともかく、無関係なんですから、言う必要がありましたか。いずれ間違いだと明らかになるでしょうし、事実なりました。それに乾さんが担当する事件でもなかったはずです。姉の死体との噂が出ただけで、だれになんて言えばよかったんですか」

「警察官はそこら中にいましたから、だれでもよかったと思いますよ。むしろ黙っていた理由が分かりませんね。現場から翠さんの記念品や私物が見つかったのは事実ですから、捜査にも役立ったはずです」

「すぐに母には問い合わせがあって、事実は明らかになったはずですけど」

「ええ、でもあちらの事件とこちらの事件とは捜査員も違うので、八島さんが両方の関係者だと気づくのが遅れてしまいました」

「両方の関係者って……。姉と白骨事件とは結局、無関係でしょう」

「そうとも言い切れません。あなたはたまたま、今回、翠さんがかつてグランプリを射止めた女神コンテストにかかわることになった。そして、その翠さんの私物とともに埋められた白骨死体が近所で発見された。

捜査員がお母さんからうかがった話だと、白骨死体と一緒に出てきた翠さんの遺品は、比較的最近、自宅から盗み出された物のようです。これが今回の事件とまったく無関係だと言えるでしょうか」

「前から何度も申し上げていますけど、それをわたしに聞かれても困ります。事実関係ならお話しできますけど、乾さんの推測をぶつけられてもお答えのしようがありません」

「そうですか。でも、その事実も問い詰めないとなかなか出していただけないので、こっちも苦労しているんですよ」

乾は最後にそう嫌味を言って立ち去った。


午後二時、治験管理室に添島があらわれた。神坂も一緒かと思ったが、ひとりだった。

「あれ、時間間違えました？」

「いえ、約束の時間です」

「ああよかった。なんだか八島さん、不満そうな顔されたんで」

「気のせいですよ。ところで、事務長との面会でしたよね、どうでした」

「それが……、神坂も来るはずだったんですけど、本社で急用ができて、四時からもう一度、仕切り直しです。ただ僕はこれから埼玉の病院へ行かなければならないので、神坂にはＭＲと同行してもらいます。

事務長との面会のあと、神坂がこちらへごあいさつに伺うと言っているんですけど、いいですか」

「もちろんかまいませんよ」

「おそらく五時ごろになると思います」

五時前に羽山と打ち合わせがあるが、すぐに終わるはずだ。仮にかち合っても、神坂と羽山は親しい間柄だから問題ないだろう。

「大丈夫です。お待ちしていますと伝えてください」

六

八島と今宮に見送られ、病院のエントランスを離れたSU－480の被験者たち――、正確に記せば坊咲、亜館、村上、新貝、影山の五人は、JR中総駅行きのバスが出る停留所へ向かった。

「ねえ、時間ある？」

亜館が声をかけてきた。

「なにをするつもりですか」

坊咲は不信感をあらわに尋ね返す。きっとまたろくでもないことを企んでいるに違いないのだ。

「違うよ」亜館は坊咲の内心を見透かしたのか、首を横にふって、「ただ、見逃している観光スポットを見ておこうと思っただけ。今回を逃したら、しばらくは来ることもないだろうから」

休暇は明日までで、時間があると言えばあるのだが、今日は早めに家に帰り、ゆっくりしたい。長く留守にしていたので、片づけねばならない雑用もたまっている。

「ねえ、いいでしょう」

坊咲と亜館以外の被験者は乗車を終えている。亜館に引き留められているうちに、バスは発車してしまった。

しかたがない。特急を一本か二本遅らせることにしよう。

「じゃあ、出発」
亜館は歩きはじめる。
「どこへ行きます？」
「まずは最大の観光施設であり、まだ足を踏み入れていない西ヶ島水族館だ」

西ヶ島水族館はおよそ十年前の開館当時、世界最大級の水槽を有する水族館として話題を呼んだ。メインの水槽の前面ガラスは巨大な映画スクリーンのようで、そこを回遊するジンベイザメが呼び物のひとつだった。そのジンベイザメは数年前に死んだはずだが、週末とあって館内は多くの家族連れでにぎわっていた。

館内は薄暗く、水槽を満たす青みがかった色彩が、あたかも深海を遊歩しているかのような錯覚をおぼえさせる。水と光がまじわる幻想空間に、大小さまざまな魚が行き交い、刻々と変わる景色を見ていると時間の経つのを忘れてしまう。

ところが亜館はざっと巨大水槽を眺めると、足を止めることなく通りすぎ、フロアの隅にある小さな水槽前のベンチに腰を下ろした。

坊咲が生命の神秘、躍動と静謐を堪能し、水槽の前を離れても、まだ亜館は身じろぎもせずにベンチに座っていた。顔を水槽に向けているが、眺めている様子はない。なにかほかのことに気を取られているような、うつろなまなざしだ。

そのあと、最上階の展望レストランで昼食をとったが、そこでも亜館は心ここにあらずの体で、思索にふけっている。

「一時からイルカのショーがありますよ。見に行きませんか」

坊咲が持ちかけたが、

「いや、僕はいい。君ひとりで行きなよ」

自分から誘っておいて、身勝手だなと思うが、もう亜館の人となりは分かっているのでおどろきはしない。

亜館を放っておいて、坊咲はイルカのショーを見物し、アザラシに餌をやり、売店でペンギンのTシャツを買った。壁の時計の針は四時をさしている。

さすがに放置しすぎたか。早足で館内を巡るが、亜館の姿はない。もしかするとひとりで帰ってしまったのか。亜館ならやりかねない。

念のため、レストラン内を覗くと、昼食のときと同じ席に座っている。ケーキを半分残してコーヒーを飲んでいる。

「昼からずっとここですか」

「いや、一度、気晴らしに館内を回って、これを買ってきた」

亜館が売店の紙袋からペンギンのTシャツを取り出した。

「そうですか」

坊咲は自分の紙袋をバッグにそっと隠して椅子に座った。近くにいたウェイトレスにコーヒーを注文し、

「このあと、どうします」

と尋ねると、亜館は珍しくためらうような顔をした。

「考え中。どうしても分からないんだ」

「なにがですか」

「事件のことさ。いや、もうほとんど真相は分かっている。だけど、ひとつだけ、解決できない謎が残った。そのことをずっと考えていたんだけど、どうにも袋小路から出られずにいるんだ」

「あいかわらず佐伯先生が犯人という例の説ですか」

「いや、犯人はまったく別人だよ。いったい、君はいつの話をしているんだ」

あきれ顔でそう返され、一瞬、むっとしたが、気を取り直し、

「もう僕たちは退院しましたし、今後、事件とかかわりあうこともありません。もう忘れましょうよ」

坊咲の言葉に、亜館はまったく同意しかねるというように頬を膨らませた。

しかし、いつまでもここにいるわけにもいかない。次の東京行きの特急に乗っても、家に着くころには日は暮れているだろう。

ぐずる亜館をなだめすかして、レストランの会計をすませ、水族館の入口までどうにか連れ出した。入口前にはタクシー乗り場があり、ちょうど一台客待ちをしている。

「あれで行きましょう、駅まで、割り勘で」

「待って」亜館は立ち止まり、踵《きびす》を返した。「もう一度だけ、病院に戻ろう。なにかつかめるよう

な気がするんだ」

坊咲が渋い顔をすると、亜館は手を合わせて、

「お願い。病院からならバスで駅へ行けるし、次の特急にも間に合うはずだから」

「ここからでもバスには乗れますよ」

「向こうが始発だから、時間が読みやすいでしょ」

と、しょうもない駄々をこねる。ここで争ってもしかたないので、歩いて病院まで戻った。

午後の外来もほぼ片づいたのか、エントランスに人の姿はまばらだ。

亜館は入口から少し離れた場所にたたずんで、じっとあたりを見まわしている。坊咲はバス停で出発時間を確認した。次の便に乗れば、予定している特急電車になんとか間に合いそうだ。

亜館にそのことを告げに近づくと、

「おや、羽山先生だ。それに八島さんも」

亜館の視線の先には、たしかに羽山ともうひとり別の医師と八島がいる。三人は言葉を交わしながらエスカレーターを降り、エントランスに近づいてくる。

入口の自動ドアを通り抜けたあと、医師たちと別れを告げた八島が、坊咲と亜館に気づいた。

「あら、どうしたんです？　とっくに帰られたと思っていました」

「水族館に行ってたんですよ」

坊咲が答えた。

羽山ともうひとりの医師は、遊歩道から研究所の方向へと進んでいる。その姿を眺めていた亜館

が八島に尋ねた。

「羽山先生、研究所に用があるんですか」

「ええ、今、有望な薬の研究をされていて、治験の依頼も殺到しているみたいですね」

坊咲が目で追っていると、しかし、羽山は研究所へは入らず、連れの医師にあいさつをして別れ、近づいてきた乗用車に乗り込んだ。羽山を乗せた乗用車は、エントランス前の車回しに入り、坊咲たちの前を通り過ぎる。そのとき、後部座席の羽山が小さくお辞儀をした。八島に向かってしたようで、八島もお辞儀で返した。

「あれは」

走り去った車を見ながら亜館が言う。

「ああ、ハリスン製薬のMRさんの車ですね。駅まで送るんでしょう」

八島の言葉に、亜館はびっくりしたような反応をみせた。車が走り去った道にもう一度目を向けたあと、

「念のために伺いますけど、今、車に乗っていたのはどなたですか」

亜館は質した。

第七章　解決

一

タクシーがエントランス前の車回しに入ってくると、一瞬、その前照灯の光が亜館のメガネをかすめて反射した。

玄関口に停まったタクシーから降りた人物に、乾警部補が近づいて声をかけた。

「神坂行弘さんですね」

「ええ、失礼ですが、あなたは」

「C県警の者です。佐伯祐司さんの転落死事件と治験中に起きた毒入りジュース事件を担当しています。両事件に関して、お話を伺いたいのですが」

「今、急用で呼ばれて、引き返してきたところなんです。治験担当の八島さんという方と、お話をしたあとでいいですか」

「いえ、じつは八島さんに電話するようにお願いしたのは私です。すぐに確かめたいことがありましたので」

と乾が告げたタイミングで、それまでエントランス横の物陰にいた坊咲と亜館と八島が前進して姿をあらわした。

神坂は唖然とした顔で、坊咲たちを見つめた。乾は、坊咲と亜館が神坂の顔を認知したことを確認すると、神坂の腕をつかんだ。

「どうやら、あちらのふたりに見覚えが――」

乾の言葉を弾き飛ばすように神坂は乾の手を振りほどいて突然、駆け出した。

乾のそばにいた別の警官が行く手をふさぐべく身を寄せたが、神坂の体当たりをまともに食らい、勢いよくあおむけに転倒した。神坂は倒れた警官を飛ぶようにまたぐと、外来棟前の道を走り去る。

「待て」

乾が叫びながら追いかけた。坊咲もあとを追った。亜館と八島もついてきているようだ。

神坂は駐車場方面から院外へ逃れるつもりか、道を横切りかけたが、駐車場を出てきた車に轢《ひ》かれそうになった。かろうじて避けるが、その間に乾たちとの距離が縮まった。

神坂は院外への脱出をあきらめ、外来棟沿いの道をふたたび走り出す。

棟の端まで行くと、非常階段を上りはじめた。

坊咲たちも非常階段の下まで来た。そこへ亜館の声だけが追いかけてくる。

「飛び降りるつもりかもしれません。乾さん、捕まえて」

息も絶え絶えに、なんとか怪物伝説の祠の手前までたどり着き、そこで力尽きたように亜館は地面に両手をついて四つん這いになっている。

乾と坊咲と八島の三人は、非常階段を駆け上がった。先行する神坂の足音が下まで聞こえる。神坂も疲れているようで、その足取りは重い。

坊咲たちが五階に差しかかったところで、神坂の足音が止まった。六階の踊り場の手前まで行くと、神坂が手すりにもたれかかり、荒い息を吐いていた。

「来るな。飛び降りるぞ」

神坂はそう叫び、手すりから大きく身を乗り出してみせる。

「やめなさい。あなたにも言い分があるでしょう。それをだれにも伝えずに逝ってしまっていいんですか」

乾が言った。

「神坂さん。罪を犯したなんて嘘ですよね。とても信じられません」

八島も必死に声をかけている。

ふたりの説得に、神坂が心を動かす様子はない。ただ、手すりに身を預けて覗き込むように、はるか下を見下ろしている。もし、だれかが動いたら、すぐにでも飛び降りそうな、そんな気配だ。

坊咲のすぐ後ろに足音を忍ばせながら、何者かがゆっくりと上がってきた。亜館かと思って振り返ると、先ほど神坂に突き飛ばされた警官だった。坊咲は横にずれて警官に前を譲った。

「神坂さん、もうよしましょう。さらに事件を起こして世間を騒がせて、なんになるんです」

「そうですよ、こんなの神坂さんらしくありませんよ」

乾と八島がずっと声をかけ続けているうちに、手すりの外側に傾いていた神坂の重心が少しずつ動きはじめた。身体の重心が下半身に移り、もうすぐにも身を投げるような危険な体勢ではなくなっている。

なおも根気よく乾が声をかけていると、神坂は疲労がたまったのか、足を動かしながら身体の向きを変えた。

その瞬間を待っていたのだろう。坊咲の前にいた警官が階段を蹴るようにして飛び出し、神坂の腰にしがみ付いた。神坂は警官に押され、踊り場に倒れ込んだ。

飛び降りを阻止された神坂は、それ以上抵抗する体力も気力もないのか、あおむけになったまま荒い呼吸をしていた。

息が整うのを待ち、乾は神坂の腕をとって立ちあがるのを手伝った。

「では、神坂さん、署までご同行願います」


「お待たせしました」

今夜の宿泊の予約を終えて、坊咲はノートパソコンを閉じた。

ほとんど同じタイミングで、店員がテーブルに坊咲と亜館の生ビールのジョッキと八島のワインのグラスを置いた。

坊咲が自分のジョッキに手を伸ばすのを阻止するように亜館が尋ねる。

「僕の分もちゃんと予約した？」

「しましたよ」

「禁煙室？」

「ええ」

「朝食バイキング付き？」

「ええ」

「ベッドはセミダブル？」

「えっ、分からないけど、たぶんシングルじゃないですか」

「困るなあ」亜館は頬を膨らませた。「やっと病院のベッドから解放されたのに、同じような狭いベッドじゃ、くつろげないよ」

本来ならとっくに家に帰り、自分の家のベッドでくつろいでいるところだ。

それがいまだ中総市にいて、警察署近くの居酒屋でテーブルを囲んでいるのは、亜館のせいである。

亜館が突然、犯人が分かったと言いだし、乾を呼んで説明し、神坂を呼び戻すよう頼んだ。東京へ帰るために特急電車を待っていた神坂は、八島の偽りの電話で病院へ呼び返された。

逃走劇の果てに警察署へ連行された神坂とともに、坊咲、亜館、八島の三人も事情聴取を受けるため、乾の車で署に向かった。

三人は別々に刑事たちから話を聞かれ、夜の九時近くになってようやく解放されたのだった。神坂はそのまま勾留されるらしい。

坊咲と亜館は、警察で駅まで送ると言われたが断った。坊咲は迷ったのだが、亜館が勝手に、

『僕たちはもう一泊していくので、大丈夫です』

と答えていた。

ということで、八島を含めて三人で腹ごしらえを兼ねて、警察署近くの居酒屋へ入ることになったのだ。

「じゃあ、乾杯しますか」

なんか違う気もしたが、とりあえず自分のジョッキを手にして言うと、亜館と八島も異論を唱えず、

「乾杯」

「乾杯」

とジョッキとグラスを触れ合わせた。

亜館のせいで帰り損ねてよけいに一泊する羽目になったが、こうして八島とも一緒に飲み会ができたのだから、まあ、良しとしよう。

料理を何品か頼んで、ビールを半分くらい空けたところで、

「そろそろ、謎解きを披露してくださいよ。ここはそういう場でしょ」

と坊咲は水を向けた。

「そうだねえ」

　亜館はじらすように唐揚げに念入りにレモンを搾り、自分の小皿に取り分ける。

「わたしは今でも神坂さんがあんなことをしたとは信じられないです。昔勤めていた会社の上司で、人となりをよく知っているんで」

　と八島は言うと、店員にワインのお代わりを注文した。

「八島さんはハリスン製薬に勤めていたんですよね」

　前に八島と乾の会話を盗み聞きしたとき、そんなような話をしていた気がする。しかし、八島は首をふり、

「いえ、ハリスン製薬に吸収合併された白鳥製薬という会社です。もともとＳＵ‐４８０は白鳥製薬のラボで開発されたものなんです。神坂さんはその初期の段階からずっとかかわっていました」

「じゃあ、八島さんも白鳥製薬時代からＳＵ‐４８０に関係していたんですね」

「はい、よけいなことなので、お話しはしていませんでしたけど」

「八島さんは薬学部出身ですよね」

「ええ、西○×大学です」

「それなら、植松《うえまつ》千尋《ちひろ》って知ってます？」

「えっ、千尋とは同じ研究室でしたよ。どうして坊咲さんが」

「高校の部活の後輩なんです、植松は」

「坊咲さんって合唱部だったんですか。えーっ、意外だなあ」

「へ、へっ、そうですよね。みんなに柄にもないって言われます」

「わたしは高校のとき、吹奏楽部だったんですよ」

坊咲が八島との会話でいい感じに盛り上がっていると、亜館が不機嫌そうに割り込んできた。

「ねえ、ねえ、ここがどういう場か分かってる？　今回の事件の真相を知りたいんでしょ」

正直、もうそれより、八島との会話を楽しむ方に意識が向いていたが、亜館は坊咲の気持ちなどには頓着せず、強引に話題を切り替えた。

「僕が毒入りジュース事件でさいしょに不思議に感じたこと、なんだと思う？」

「さあ、ぜんぜん分かりません」

坊咲は追加注文のためメニューに目を落としながら、気のない返事をした。

「当然、なぜ犯人はジュースに毒を混入させたのか、という点だよ。

もし特定のだれかを狙うなら、その人物がさいしょに飲む飲み物でなければ意味がない。大勢が飲むドリンクサーバーに入れるジュースでは確実性があまりにも低い。

ということは、特定の人物を狙ったのではなく、騒ぎを起こすのが目的の愉快犯の犯行だろうか。

しかし、それならもっと簡単な方法がいくらでもある。なのにわざわざジュースのボトルに毒を仕込んで備品室へ持ち込み、後日、中毒事件が発生するよう細工した。

しかも、手間をかけて騒動を画策する一方で、混入された毒は少量だった。もし、規定どおりジュースが希釈されていれば、死者は出なかったと思われる。

いったい犯人はなにを考えてこんな犯罪を計画したのだろう。その答えがおぼろげに見えたのは、佐伯医師の転落事件の真相が明らかになり、斎田から話を聞いたときだ。

彼はSU－480の海外治験に参加して、治験薬には独特の苦みがあり、被験者の多くが服用後ジュースを飲むことを知っていた。

このことは当然、治験にかかわった医師や製薬会社も気づいていたはず。

つまり被験者が飲むジュースに毒を仕込めば、多くの場合、プラセボではなく実薬を飲んだ人間に被害が出ることを、事前に予測できたわけだ。

そこで僕は、アメリカでこの治験にかかわっていた佐伯医師が、SU－480のとくに実薬を服用した被験者たちを狙って毒を仕込んだのではないかと推理した。

さいしょの水もれがあったとき、備品室前の廊下にいた羽山医師の名札を付けた怪物マスクの男を、佐伯医師と断じたのもそのためだ。

実薬の被験者たちを中心に被害が出れば、それだけSU－480の評判が落ち、ハリスン製薬にとって痛手となる。佐伯医師にハリスン製薬を恨むなんらかの理由があるのではと想像したわけだけど、この推測は八島さんに強く否定されてしまった」

と亜館は恨めしげに八島を見た。

「じっさい、佐伯先生は無関係だったわけですよね」そう言って八島はワインに口をつけたあと、

「でも、いまだに神坂さんがあんなことをしたなんて信じられません。同じ会社にいたので分かりますけど、神坂さんのSU－480に対する思いは本物でした。それなのになぜあんなまねをしたんでしょうか」

「僕も同じ疑問を持ちました」坊咲も口をはさむ。「神坂さんという人物についてはなにも知りませんが、ＳＵ－４８０の開発責任者が、その治験を台無しにするのは腑に落ちません。あとそれと、実薬群の被験者がオレンジジュースをかならず飲むとは限りませんよね。げんに僕はあのとき飲まなかったですし、逆にプラセボの人が飲む可能性だってあったはずです」

亜館はふたりの視線を受けて、満足げに生ビールのジョッキを空けた。

「ふたりの疑問について説明する前に、どうして神坂の犯行だと気づいたのか、いや、どうして長らく気づかなかったのか、という点を説明した方がいいだろうね。

さいしょの水もれがあった治験初日、神坂は怪物マスクと羽山医師の名札で扮装し、病棟の二階へ入り込んだ。

オレンジジュースのボトルに混入したパラコートの原末も、製薬会社の開発責任者である神坂には、比較的入手が容易だったろう。

そうして、毒入りボトルを手提げ袋に隠して備品室に入り、すり替えをおこなった。

その直後、水もれがあり、僕たちに姿を見られるアクシデントがあったわけだが、僕たちはあの時点では神坂の顔を知らないし、知っていても怪物マスクに隠れて判別できなかった。

そして神坂はそのあと、トイレに隠れて扮装を解き、もとの格好に戻った。あとは何事もなかったかのように、その場を離れるだけでよかった。しかし、そのとき、不運にも僕たちと出会った直後の佐伯先生と顔を合わせてしまった。

ただ会っただけならなにも問題はないわけだが、完全に着替え終わる前か、手提げ袋から白衣や怪物マスクが覗いているような状況下だったと思われる。いずれにせよ、不審な姿を見られたことは両者にとっての不幸だった。

当然、佐伯医師は神坂に対して、なぜこんなところにいるのか、なぜ白衣や怪物マスクを持っているのか質したただろう。おそらく神坂は、怪物フェアに参加するために、羽山医師から怪物マスクと白衣を借りて、ここで着てみたなどと、苦しまぎれの言いわけをしたと思われる。ともかくその場はなんとかごまかして、窮地を逃れた。

そして、その日の夕方、神坂が白衣を着て佐伯医師と院内を歩いているところを、僕と君が目撃することとなる」

たしかに治験初日、水もれで娯楽室が使えなくなり、坊咲は亜館とともに喫茶室で時間をつぶしている。そのとき、佐伯と一緒にいた白衣姿の男を目にしている。初老の医師だと勘違いしたが、あれが神坂だったのか。

さらにその直後、怪物フェアの見物に行く亜館に付き合い、病院の前でその初老の白衣の男、すなわち「羽山」の名札を付けた神坂とすれ違う。

『怪物フェアをやっている駐車場に――』

『ああ、それならここをまっすぐ行けばすぐですよ。僕も行くつもりだったけど、急患で呼び出されちゃって』

たしかこんな言葉を交わしたはずだ。

この邂逅《かいこう》のあとも坊咲と亜館は、二度ばかり院内で神坂を見かけたが、そのたびに羽山だと誤認することになった。

「でも、どうして」八島は首をかしげた。「神坂さんはわざわざそんなイベントに行ったんですか。わたしの知るかぎり、神坂さんはその手のことにまったく興味なんて持っていませんでしたよ」

「おそらくはトイレで佐伯医師と出会ったとき、研究の件で夕方に外来で面会する約束になったのでしょう。そして面会が終わったあと、研究所へ戻る佐伯医師とともに、怪物フェアへ行く神坂は羽山医師に借りたという建前の怪物マスクを手に白衣も着て、一緒に病院玄関を出た。

もちろん怪物フェアに行くなんて、でたらめの言い逃れですけど、そう言った以上、そちらへ向かうしかない。で、佐伯医師の姿が研究所の敷地内に消えたのを見とどけると、すぐに神坂は病院へ引き返した。そこで出会ってしまった僕たちに告げた急患というのも嘘っぱちですが、病院内でなにかアポイントの約束があったのかもしれない。かなり急いでいる印象を受けましたからね」

八島は記憶をたどるように目を細め、

「ああ、その日の夕方に治験管理室で会いました。何年かぶりの再会だったのでよく覚えています」

「そうしてまんまと毒入りボトルを仕込み、その後の窮地も綱渡りで逃れた神坂だが、落ち着いて考えると、やはりまずいとの結論に達した。

あの場はなんとか言いくるめたものの、佐伯医師は不可解な出来事として記憶にとどめたに違いない。後日、中毒事件が起きれば、このときの神坂の言動が、佐伯医師の脳裏によみがえるのは確実だ。

考えあぐねて翌日、神坂は予定の会議をキャンセルしてもう一度、ひそかに病棟を訪れた。当初は昨日仕込んだ毒入りボトルを回収するつもりだったのだろう。事件さえ起きなければ、昨日の奇行もとくに問題とはならないからね。

神坂は目立たないような変装をし、新たに怪物マスクも用意し、備品室へ忍び込む機会をうかがった。神坂にとって幸運だったのは、前日の水もれで二階の監視カメラが止まっていたことだ。ただそのことを知らない神坂は、二階のトイレに身をひそめ、慎重にそのときを待った。

予想だにしないことが起きたのは、昼すぎだった。佐伯医師が二階にあらわれたのだ。不正に治験に参加した斎田の存在に気づき、そのことを注意しに来たわけだが、神坂は理由など知る由もなく、ともかく佐伯医師が斎田とともに非常扉から外へ出るという状況に出くわした。

神坂は非常扉を少しだけ開けて、ふたりの様子をうかがった。言い争いの末、佐伯医師は転落した。あわてて斎田も階下へ駆け下りた。

意識を失ったまま地面に倒れていた佐伯医師は、斎田の供述にあったように、祠近くのベンチに移動させられ、斎田はその場を離れた。

非常階段の踊り場から、いっさいがっさいを目撃した神坂は、斎田の姿が消えると、すぐにベンチへ駆け寄った。

このときの神坂の心理状態は想像でしかないが、おそらくすさまじい葛藤が渦巻いていただろう。ただ長く迷っている暇はない。こういう場合、大概そうであるように、悪魔のささやきが勝り、神坂は瀕死の佐伯医師を担ぎ、非常階段を上り、二階の踊り場から突き落とした。こうして佐伯医師は息の根を止められた」

亜館はここで息をつき、生ビールで喉を潤した。

坊咲はとっさに言葉もなく、ただ亜館の話の内容をなんとか消化しようと頭をフル回転させていた。八島を見ると、やはり今の話を反芻《はんすう》しているのか、じっと手元に目を落として考え込んでいる様子だ。

やがて八島が口を開いた。

「どうやって神坂さんが犯行に及んだかは分かりましたけど、動機についてはまだ説明されていないようですけど」

「それはこれから」

亜館は口に付いたビールの泡を拭った。

「実薬とプラセボの区別がつくって話は先ほどしたけど、それを事前に知っていたのはごく一部の人間だけだった。八島さんはどうでした？」

「わたしを含め市西総合病院の人間はだれひとり知らなかったはずです」

「知っていたのは、おそらくは斎田や佐伯医師のように先行試験にかかわった一部の例外を除くと、ハリスン製薬の開発に携わる人間だけだったでしょう。その点に気づきながら、神坂に注意を向けなかったのは僕の落ち度です。

それはともかく、実薬を飲んでいる人を対象に毒を盛ることができれば、あたかも実薬に害があるかのごとく見せるのが可能となる。これを知っているのはハリスン製薬の開発関係者だけだった」

「それは分かるんですけど、理解できないのはなぜ、神坂さんがそんなことをしたかです。ＳＵ－４８０の開発に、神坂さんが心血を注いでいたのは間違いのない事実です。どうしてそれをぶち壊すようなまねをするんですか」

「神坂さんももともとは白鳥製薬の方なんですよね」

「ええ、数年前にハリスン製薬に吸収合併されて、そのままハリスン製薬に残ってＳＵ－４８０の開発を続けたんです。それほどＳＵ－４８０に入れ込んでいる人です。その治験の妨害をするなんて――」

「治験の妨害にはなりましたけど」八島の言葉をさえぎって亜館は言った。「ＳＵ－４８０という薬剤の有効性や安全性に問題があったわけじゃない。今後もＳＵ－４８０の開発は続く。神坂の人生の目標はなにも壊れていないのです」

「でも、遅延は避けられません。開発は時間との競争ですから、大きな痛手になります」

「その痛手を負っても、神坂にはどうしても犯行に及ばなければならない理由があった。八島さん、白鳥製薬で神坂はどんなポジションにいましたか」

「ハリスン製薬に吸収合併される前は、開発部門のトップで役員を務めていました。次期社長とも目されていたようです」

「それがハリソン製薬では一プロジェクトのリーダーへと格下げになった。たいへん屈辱的なことだったのではないでしょうか。僕みたいな地位のない人間には今ひとつピンときませんが、これが今回の事件の根幹にあります。

今の屈辱的な地位からステップアップするには、ただSU－480の開発に成功するだけでは足りない。目の上のたん瘤《こぶ》となっている人物を失脚させ、自分が成り代わる必要がある。

ずっとその機会をうかがっていた神坂に、有益な情報がもたらされた。アメリカで先行して実施された治験で、SU－480に独特の苦みがあり、実薬群の被験者がオレンジジュースをよく飲んだとの報告です。

これを利用することを思いついた神坂は、実薬群の被験者に中毒症状が出るように、ひそかに入手したパラコートの原末を少量、オレンジジュースに混ぜた。娯楽室のドリンクサーバーや備品室の冷蔵庫の保管状況などは、部下であるハリスン製薬の担当者に報告させ、熟知していたと思われる。

八島さん、神坂は今回の事件の舞台となった娯楽室や備品室の細部の状況まで知っていたんじゃありませんか」

八島は少し考えたあと、うなずいた。

「治験の準備段階でハリスン製薬の担当者の方がいろいろ骨を折ってくださいました。上司から万全を期すよう念を押されていると言っていましたから、おそらく神坂さんへくわしく報告をしていたと思います」

「思わぬアクシデントに見舞われたけど、ともかく毒物混入の下準備を終え、あとは時限爆弾の作動を待つだけとなった。そして治験六日目、ついに被験者たちに重篤な有害事象が出たとの報告が入った。

先ほど坊咲君が疑問を呈したように、毒入りオレンジジュースを飲む被験者が百パーセント実薬群とは限らない。結果的に被害者はすべて実薬群だったけど、この治験で多くの被験者に薬害と誤解される症状が出た時点で、神坂の目的はほぼ達成されたと言っていい。実は薬害ではなく、パラコートの混入だったこともほどなく明らかになるだろうが、それには少しタイムラグがある。

神坂は多数の被験者に重篤な有害事象が発生したと、即座に自分の上司に報告した。ここまで画期的な新薬の開発が順調に進み、うなぎのぼりに上昇していたハリスン製薬の株価が大暴落するのは間違いない。しかも、開発中止になるような重大な有害事象だとすれば、長期的にも株価の下落は免れない。

もしかすると、その直前まで神坂は有望な情報のみ報告して、上司に自社株の買い増しを促していたのかもしれない。そうしておいて、いきなり梯子を外すような衝撃の報告をする。また、まだこの情報は外部にはもれていないことも付け加えた。しかし、それも時間の問題だ。

神坂から報告を受けた上司の名前はなんて言いましたっけ、——そうそう、テレビでも報じられたように朝比奈です。その朝比奈は報道によると、さすがに自分の名義の株券は売却せず、親戚の名義にしていた株を、有害事象の起きたその日にすべて高値で売り抜けたそうです。

神坂は朝比奈の動きを観察して、すぐに当局へ密告し、検察が動き、思惑どおりの結果となった。

つまり今回の犯行の目的は、自分の地位に不満を募らせた神坂が、株価を乱高下させ上司を陥れることにあった。

ハリスン製薬の開発部門のトップにいた朝比奈はインサイダー取引で逮捕され失脚。もし今回の事件の真相が闇に葬られていれば、神坂が後釜に座ることはほぼ確実だっただろう。僕がいなければ、そういう不正がまかり通っていたわけだね」

最後は唐突にみずからの手柄を誇らしげに語って亜館は長い説明を終えた。

二

午後四時――。観衆の歓声、というほどはっきりした音声ではない空気のざわめきが伝わってきた。おそらくたった今、ミス女神が決定し、コンテスト会場の盛り上がりが最高潮に達したのだろう。

しかし、直線距離でわずか百数十メートルしか離れていないここ、遺伝子医学研究所の入口前は、いつもの日曜日とほとんど変わらない静けさに包まれている。

会場の遮音パネルは一定の効果があったようだ。事前のミーティングで練った対策が奏功した満足感が胸をみたす。

しばらく研究所横の植え込みの陰に立って時間をつぶしていると、病院の方から羽山があらわれた。上着のポケットを探りながら、休日・時間外用の入口に近づいてくる。

羽山が入口の前に立ったところで後ろから声をかける。

「お疲れさまです」

「あっ、八島君、お疲れさま。日曜も仕事なの」

「ええ、先生もですか」

「うん、ちょっとデータの確認だけ」

羽山は上着のポケットから取り出したセキュリティカードをかざしてドアを開け、研究所内に入った。八島も首からぶら下げたセキュリティカードで入口を通過した。

ふだんは明るい照明が点る廊下も、薄暗くひと気がない。羽山と八島はエレベーターで三階に上がり、指紋認証のドアを通過した。さらに廊下が続き、二重ドアの前で暗証番号を打ち込み、入室した。

窓のない空調の整った室内の中央付近に、質量分析装置が据えられた大きなテーブル。正面奥と左側の実験台にはクリーンベンチや安全キャビネットが並んでいる。休日のため、ふたりのほかに研究員はおらず、照明も落ちていたが、各機器が作動しているため、室内はミニチュアの夜景のような明かりが点々としている。

照明のスイッチを入れ、八島は共有デスクのパソコンを立ち上げた。サーバーから実験データを読み出し、新しいデータを加える。作業量はさほどでもないので十五分もあれば終わるが、ゆっくりとふだんの倍以上の時間をかけてデータを入力する。それを終えるとメールを開いてチェックした。とくに返信が必要なメールはない。ここでも不要のメールを削除したり、フォルダーに移動させたり、不要不急の作業で時間をつぶした。そうやっておよそ一時間経つと、八島はパソコンから顔を上げて、さりげなく室内の様子をうかがった。

少し離れたテーブルで作業をする羽山が難しい顔で液晶画面をにらんでいる。

八島は自分の椅子から離れ、羽山の右わきに立った。

「なにか気になるデータがありましたか」

羽山の方にかがみこんで八島は尋ねた。

「いや、とくに問題はないようだ」

八島との距離の近さにちょっと戸惑った顔をして羽山は答えた。

しばらくキーボードを叩き、羽山は席を立った。

「ちょっと休憩してくるね」

そわそわとした様子で羽山は部屋を出て行った。

パソコンの画面を見るとしっかりシャットダウンされている。パソコンから離れる際は必ずそうするのが研究所のルールだが、案外、守らない者も多い。羽山はなかなかの律義者だ。

しかし、建物のみならず敷地内も完全禁煙というルールについてはルーズなことを八島は知っている。

これまでの羽山の行動パターンからすると、トイレの個室で煙草を吸い終え、戻ってくるまでおよそ五分、どんなに早くても四分以内に帰ってくることはない。

時計は見ないようにする。見ると、よけいにあわててしまうから。

羽山の上着のポケットから抜き取ったばかりのセキュリティカードを手に、もうひとつ奥の部屋のドアに近づく。先ほど盗み見た羽山の暗証番号を打ち込み、セキュリティカードをかざす。ピッという電子音とともに解錠されたドアを押し開ける。

中はビジネスホテルのシングルルームほどの空間。グレイの金属製キャビネットがいくつも並んでいる。羽山たち数名の限られた上級職だけが入室の権限を与えられているセキュリティルーム。以前、一度だけ佐伯に入れてもらった。そのときの記憶で、場所は分かっているので、迷わず目的のキャビネットの引き出しを開ける。メモリーカードが三枚あった。

区別がつかないので全部取る。

セキュリティルームを出る際、ドアを閉めるか一瞬迷った。戻るとき、もう一度、暗証番号を打ち込む手間がかかるが、一定時間以上、開け放しにしておくとアラームが作動するかもしれない。ドアを閉め、自分のノートパソコンにメモリーカードを差し込む。一枚目には業者との契約関係の書類が収められていた。思わず舌打ちしてカードを抜く。

(焦らない。時間は充分ある)

自分に言い聞かせる。

二枚目のカードを差し込む。

これだ。佐伯の研究データが収められたファイルだ。必要なデータはごく一部で容量もわずかなので コピーは一瞬で終わる。

八島は躊躇せずマウスを操作し、ファイルを開く。続いてコピー操作のためカーソルを動かす。

「八島さん、手を止めてください」

とつぜん、背後からかかった声に、身体が凍りつく。

入口側から足音が近づいてくる。振り返ると、所長と羽山、そしてなぜか亜館がいた。

「では、そこへお座りください」

研究所の小会議室のテーブルを囲んだ椅子のひとつに座るよう亜館が言い、八島はおとなしく腰を下ろした。八島の向かいに亜館、所長、羽山も座った。

呆然とする八島、戸惑いを隠せない所長と羽山。自信満々の亜館がテーブルに身を乗り出して、

「おどろきましたか、八島さん。どうしてばれたのか、不思議に思っているでしょう」

「いいえ、いつかは捕まると覚悟してましたから。ただ、どうして……」

「僕がこの場にいるのか、ってことですよね」

にこにこしながら亜館が言った。治験のときからあやしい男だとは思っていたが、まさかここで足をすくわれるとは。

「八島君、すでに警察には通報した。このあとは警察での取り調べになると思うので」

深刻な顔つきの所長に、八島は無言でうなずく。

警察官の到着まで重苦しい沈黙が続くかと思いきや、亜館が場違いに明るい声で、

「まあ、まだ少し時間があるみたいですから、お話ししましょう。八島さんもどうして僕がここにいて、なぜ目をつけられたのか、知りたいこと、いっぱいありますよね」

そんなことはもうどうでもいい。今後を考えると暗澹たる気分だ。しかし、亜館はお構いなしに、自分が話したいことを話すつもりの様子。

「かねてより遺伝子医学研究所の研究成果に、某国が深い興味をいだいていることは広く知られていました。じっさい非常に魅力的な条件を提示して、人材の引き抜き工作などもしていたようです。しかし、某国への不信感も根強く、研究者たちは二の足を踏み、人材流出はおこらなかった。そこで某国は研究データの盗み出しを計画した。

　僕はその工作の阻止を研究所より依頼された調査会社の調査員です。調査会社なんて言うと、うさん臭く思われるかもしれませんが、明治時代から続く老舗ですから、八島さんも名前くらいはご存じでしょう」

　と亜館は自信満々に会社名を告げたが、聞いたこともない。いずれにせよ亜館がどこに勤めていようが興味などなかった。八島がなんの反応もせずにいると、亜館は心外といった顔で、

「知りませんか、創業者は日本でさいしょの私立探偵ともいわれる、……ええっと、名前はど忘れしましたけど、明治の元勲たちとも交流があった有名な人ですよ。

　──まっ、それはどうでもいいことです。ともかく事前の調べで、エージェントは直接研究所に入り込むのではなく、市西総合病院から異動してくると予想された。研究所より病院の方が職員採用の条件がずっと緩いのがその理由です。

　病院に事情を聴くと、過去にも研究所との人事交流はおこなわれており、薬剤部の治験にかかわる部署からの異動が多いことも分かった。

　となると僕も市西総合病院に入り込んで、エージェントのあぶり出しをおこなうのが効率的だ。おりしもＳＵ－４８０の治験が計画されていて、僕もその被験者たる症状を有している。治験のエ

ントリーは厳格なため、そこに入り込めれば調査員と疑われることはまずないだろう。もし被験者に加われなければ別の手段を考えるところだったが、さいわい基準をクリアして十人の被験者のひとりとなった。

じつを言えば、治験に参加する前から、かなりターゲットは絞られていた。有力候補だったのは、八島さんと黒井和磨さん。八島さんは以前より研究所への異動を希望されていて、黒井さんは八島さんの研究所への異動を積極的に後押ししていた。

八島さんが単独犯なのか、黒井さんとの共謀なのか、その見きわめが僕のさいしょの行動となった。

まず、八島さんと黒井さんに揺さぶりをかけるため、おふたりにメッセージを送りました。そう、八島さんは見たはず。

SU－480治験は呪われている。必ず失敗する

あの紙切れは僕が症例ファイルに入れたもの。同じものを黒井さんのノートにも挟んだ。あとから考えるとじつに意味深なメッセージとなったけど、あとの事件とは関係なく、まったくの偶然です。

この縁起でもないメッセージに、黒井さんは素直に反応を示し、八島さんは握りつぶした。これで八島さんがエージェントであり、かつ単独犯である可能性が高いと、僕はにらんだ。

さらに確証を得るために、八島さんと親しい仲にある佐伯医師に、『八島優里はあなたの研究成果を盗もうとしている某国のスパイです』と匿名で情報を流した。

転落事件の日、あなたは佐伯医師に呼び出され、そのことを追及された。のちに乾警部補から、あなたの供述を聞きました。佐伯医師は、スパイなのではないかと問い質したはずなのに、あなたは子持ちの事実を隠していたことを責められたと、偽りの説明をした。これで僕は自分の推測に間違いはないとの確信を得た。

あとはあなたが研究所へ異動するか、その前に尻尾を出すか、それを待つだけ。

ところが、その前に不思議な事件が続けざまに起こる。まずは史料館の跡地から白骨死体が発見されたこと。しかも、あとで間違いだと分かったが、当初、その死体は君島みどり、すなわちあなたのお姉さんと目された。それは白骨死体といっしょに、君島みどりの物と思われる遺留品が埋まっていたからだ。また死体は別の場所に埋められていたが、史料館の取り壊しが近くなってから、移されてきたことも分かった。

これは一体どういうことか。僕は、某国から八島さんへの圧力だと考えた。つまり、早く研究所へ異動して、佐伯医師の研究成果を盗み出せとのプレッシャーです。

このような脅しをかけるということは、八島さんも喜んで某国の手先になっているわけではないらしい。

僕は所属する会社に、八島さんの身辺調査をするよう連絡を入れた。警察も同時期に同じ調査をしたみたいだけど、うちが一歩先を行っていた。これまでもうちの会社は警察が直接関与できない国家の利益や安全にかかわる仕事をすることも多く、協力関係にあった。だから殺人事件の捜査にも関与することになったんだけど、乾さんのような下っ端にはその辺の事情がよく分からず、反発を招くことにもなった。

それはさておき、八島さんの背後を探ってみると、お姉さんの翠さんはとうの昔に亡くなってい て、お母さんの佐枝子さんは八島さんの息子の祐樹くんを連れて転居を繰り返している。どうやら佐枝子さんは何者かに追われ、姿をくらまそうとしていたらしい。

佐枝子さんは貿易会社で働いていた。そのときの交易相手が某国でした。その関係から目をつけられたのでしょうか。いったん狙いを定められたら狭い日本、逃げようったって逃げられるもんじゃない。

お母さんとお子さんを人質に取られて、あなたは指示に従うしかなかった。

ところがSU－480の治験中に、佐伯医師の転落死が起こる。佐伯医師に接近して研究所への異動を早めようとしていたあなたにとって大いなる痛手となった。しかも、その死の直前、先ほど言ったようにあなたと佐伯医師の間には、深刻なトラブルが生じ、乾さんからは殺人容疑者として扱われる不運を招いた。

じっさいあなたは佐伯医師の死には関与していない。僕が謎解きしたとおり、斎田がさいしょに過って突き落とし、それを目撃していた神坂が二階まで担ぎ上げてもう一度突き落としてとどめを刺した。

佐伯医師の死を知って、あなたはひどく動揺したはず。ただでさえ身近で親しい人が不慮の死を遂げれば大きなショックを受ける。のみならず、佐伯医師のケースは、あなたの研究所での活動にも支障をきたすおそれがあった。

そうでなくとも、白骨死体で研究所への異動をせっつかれている。ようやく黒井さんから研究所への異動の話が来て、あなたは胸をなでおろしたことでしょう。じつは病院と研究所に依頼し、あなたを誘い出すために、研究所職員の募集をかけてもらったんです。

ところが今度は毒入りジュース事件が起き、またもや容疑者扱いの取り調べを受ける。僕はと言えば、事件を口実にあちこち嗅ぎまわることができ、大いに助かりました。

それでもあなたが乾さんにいじめられて、いつまでもスパイ活動に移れないと、確証をつかめないので、ふたつの事件解決にも腕を振るったというわけです。

そうしてあなたは晴れて研究所の職員となった。しかし、最高機密へアクセスできるのはごく一部の上級職だけ。佐伯医師は当然そのひとりだったが、すでにこの世の人ではない。

あなたは次のターゲットとして羽山医師に狙いを定めた。佐伯医師と違い、堅物の羽山さんは、

——失礼」と亜館は隣に座る羽山に頭を下げ、「なかなか付け入る隙がなかった。佐伯医師なら簡単に入れてくれたセキュリティルームにも入れない。苦肉の策で羽山医師とふたりきりになれる休日に、羽山医師を待ち伏せて、なんとかセキュリティカードをかすめとって、ようやく目的を果たそうとした。

あなたと羽山医師のスケジュールから、犯行に及ぶとすれば今日だろうと予測し、こっそり監視をしていたのですが、まんまと的中したわけです」

と鼻息を荒くする亜館。

そうか、ずっと疑われていたのか。気取られないよう必死に平静をよそおったつもりだったが、まったくの無駄骨だった。

さいしょに接触があったのは、市西総合病院にＣＲＣとして採用されて二か月がすぎたころだ。もちろん即座に断ったが、次に母と祐樹のことを匂わされ、ぐらついてしまった。すぐに病院と警察に訴え、保護を求めるべきだったのだろう。

しかし相手は、こちらの仲間は、病院内にも警察内にも潜んでいるので、おかしな振る舞いをすれば、母と祐樹の身に災いが起こるだろうと脅した。

結果からみれば屈するべきではなかった。こうして捕まり、すべてが明るみに出てしまった今、向こうは報復として、母と祐樹にどんな害を及ぼすか分かったものではない。

「安心してください」亜館はまるで八島の心を読んだかのように言った。「お母さんと祐樹くんには護衛をつけてもらっています。法の不備で某国の人間は逮捕も起訴もできないと思いますが、この件に関しては、某国も手を引くはずです。あちらもむやみにことを荒立てたり、表沙汰にはしたくないはずですので。

脅しで、病院や警察にも内通者がいるようなことを言われたかもしれませんが、警察には、いませんのでご安心を」

「では病院には、いたんですか」

素朴な疑問が口をついた。

「ええ、木村比呂美が八島さんの監視係を務めていたようです。すでに木村は地方公務員法違反、窃盗等の疑いで警察の取り調べを受けています。木村の供述により、某国の事件への関与も明らかになり、これも某国をけん制する一助となるでしょう」

木村が……。予想だにしなかった。

(あ、でも)

一度、黒タンとのデート現場を目撃した。きっとあれは黒タンを籠絡する活動の一環だったのだろう。

事実を知った今、振り返っても、監視されていたとは思えなかった。気持ちよく付き合いのいい同年代の同僚だと信じて、一度も疑わなかった。

「今でも信じられません」

「まあ、そうでしょうね。でも事実は事実。さいしょは木村自身が異動して活動するつもりだったようですが、研究所に事務職の空きはなく、仮に異動しても機密情報へのアクセスは難しいと分かり、あなたに白羽の矢が立ったようです」

亜館がそう言ったあと、廊下から足音と話し声が近づいてきた。

「警察が来たようだ」

所長がドアの方を向いて言った。

「僕は法律には疎いんで、八島さんがどういう罪に問われるかはっきりしたことは言えませんが、おそらくはそんなに重い罪にはならないでしょう。お母さんと祐樹くんを人質に取られて仕方なくやったことだと、警察でもはっきりと主張した方がいい。では、これで」
亜館は立ち上がり、ドアを開けて入ってきた警察官と入れ替わりに退室した。

エピローグ

夜雨に洗われた市西総合病院――。日本の医療の最先端を今も走り続ける医療機関にふさわしい気品と風格を感じさせる。かつてここで起きた複数の殺人事件も輝かしい病院の歴史の中では、ほんの小さなエピソードのひとつにすぎまい。

坊咲貴之は十年の歳月をかみしめながら病院の敷地を横切った。空を見上げると、すでに雲はなく星が瞬いている。

外来棟の端まで来た。その先には闇とわずかな照明に縁どられた遺伝子医学研究所のゲートと建物の影があった。島内の別の場所に新研究所が建設され、ここにはまもなく新病棟が建つと聞いていたが、まだ取り壊しもはじまっていないようだ。少なくとも正面から見る限り、その気配はない。

「どうする？」

坊咲は少し後ろをついてくる優里に気遣い声をかけた。

優里にとってはつらい記憶が残る場所。もし嫌ならここで待ってて、と目顔で伝えたが、優里は首をふった。

「大丈夫。ここで怖気づくくらいなら、さいしょから来ない」

もともと芯のつよさがあった。十年前、起訴されて裁判となったときも、弁護士からの助言もあっただろうが、自身の立場をしっかりと述べて、有罪にはなったが執行猶予付きの判決を受けた。

裁判をすべて傍聴した坊咲は、判決から一年後、優里と結婚した。坊咲としてはもっと早くしたかったのだが、優里の心を動かすのにそれだけの時間を必要としたのだ。

坊咲と優里、祐樹、優里の母・佐枝子の四人ではじまった新婚生活は、二年後に長女の友麻《ゆま》、四年後に次男の大樹《だいき》、その翌年に三男の悠人《ゆうと》が生まれ、七人の大家族となった。

優里は悠人が保育園に通いだした昨年から調剤薬局で薬剤師として働きはじめた。坊咲はずっと同じ会社に勤務し、自動車部品の設計を続けている。

波風が立つこともあったが、おおむね穏やかに過ぎ去った十年だった。義母の佐枝子は近ごろ病院通いが増えたが、まだまだ元気だし、子供たちはみな健やかに育っている。中学生になった祐樹と坊咲の関係も良好と言っていいだろう。

この生活が年とともに少しずつ変化しながらも、よどみのない川の流れのように続いていくものだと思っていた。

十年前の事件は小さなシミのように存在はするものの、それはもう痛みも痞《つか》えもない、夫婦間の秘密へと変化を遂げていた。ずっと忘れることはなくとも、歳月とともに薄れ続けていつしか淡い思い出へとなっていく。

そんな予感を覆す報せが届いたのが一週間前のことだった……。

「あら、だれかいるみたい」

優里が研究所のゲートの方へ視線を向けた。

研究所の敷地外の植え込みあたりから人声が、複数の人影と一緒に近づいてきた。

病院側からさす照明灯で坊咲たちの姿が先に向こうから見えたようで、

「あっ、坊咲君、八島さん、久しぶり。ぜんぜん変わっていないねえ、お互い」

まるで一、二年ぶりくらいの再会のような軽い口調で近づき、明かりに照らし出された亜館を目にして、坊咲は思わず返す言葉を失った。

変わっていないとの言とは裏腹に、亜館は激変していた。もともと小太りだった身体は三割増しほどに膨らみ、顎と首が同化している。かなり豊かだったと記憶する頭髪は、両鬢《りょうびん》のあたりにわずかに残るだけで、前頭部から頭頂部にかけて無毛地帯が地球儀の太平洋のように広がり照明灯を照らし返していた。

坊咲だけでなく優里も同様におどろいたのか絶句したままだ。

「どうしたの、ふたりともびっくりした顔をして。そもそも大遅刻だよ。せっかくの大捕物を見逃したよ。君たち」

十年ぶりにとつぜん、亜館から連絡を受け、坊咲は同僚たちに頭を下げて残業時間の調整をした。佐枝子ひとりでは大変なので、坊咲の妹の尚子に来てもらい子供たちの世話を頼み、予定より一時間遅れで家を出て、雨の中、車を飛ばしてきたのだ。

まあ、そんな事情を話したところで亜館には通じないだろう。

「それでなにが判明したんですか」

坊咲は尋ねた。

亜館の報せでは、十年前には明らかにならなかった事件の真相が今夜解明されるとのことだった。

「今、連行されるところだよ」

亜館が身ぶりで背後を示すと、両脇をふたりの男に固められて長身の人影が近づいてきた。ゲートのそばに停まった車へと連行されていく。

「斎田さん」

坊咲が声をかけると、足を止めて振り向いた。

十年前からさらにやさぐれ感は強まっているが、全体の印象はあまり変わらない。

斎田もすぐに坊咲と優里だと気づいたようで、

「なんだ、わざわざ見物に来たのか。しかし、どうして分かったんだ」

「当然、僕が知らせたからさ」

亜館が言うと、斎田は十年前と同じように敵意をむき出しに、

「まったく、なんにでも首を突っ込んでくる野郎だな。もうすっかり波平さんなんだから、おとな

しく引退しろよ」

「波平さんは現役サラリーマンだ」

「知るかよ。しかし、どうしておれだと分かった。なぜ今日だと分かったんだ」

と問う斎田を、両脇の警官がドアの開いた後部座席へ押し込もうとする。

「あっ、ちょっと待って」

亜館が制止した。十年前だと黙殺されたはずだが、今夜の警官たちは動きを止めた。

「最近技術革新があって、ようやく仲藤由美《なかふじゆみ》の遺留品からDNAが検出できたんだよ。当然覚えているよね。十三年前に君が殺害して埋めた女子大生」

「おれのDNAなんてどうやって手に入れた。十年前の逮捕のとき採取していたのか」

「だったら話は早かったんだけど、残念ながらあのときは、君が事実関係を認めていたんで、採取しなかったようだ。なのでとくべつに令状を取ってもらって治験で採取したDNAデータと照合してもらったのさ」

「治験の？」斎田は遠くを見つめるような目をした。「たしか、あの治験では、おまえと一緒でDNA採取の同意書にはサインしなかったはずだが。勝手に取りやがったか。きたねえな」

「ちがう、あの治験じゃない。君がアメリカで受けた治験の方。きっとアメリカでも同意を求められたはずだけど、ちゃんと読まずにサインしたんだろう。

それで君は女子大生殺害犯の容疑者として監視下に置かれ、今夜のことも事前に察知されたというわけだ」

勝ち誇る亜館に、斎田はなにか反論しようとしたが、警官に促され、車の中に押し込められた。

後部座席のドアが閉まるとほぼ同時に車は動き出し、すぐに坊咲たちの視界から消えた。


十年前、三人で食事をした警察署近くの居酒屋を検索したが、すでに廃業したらしく見当たらず、中総駅前のチェーン店へ行くことにした。

奥まったテーブル席に案内され、注文した飲み物が三人分すぐに運ばれてくる。亜館は生ビール、優里はカクテル、帰りの運転がある坊咲はノンアルコールビールだ。

あらためて再会を祝して乾杯する。顔を合わせた直後こそ違和感があったが、テーブルを挟んで話が弾むと、亜館の外見の変化にもじきに見なれ、付き合いが途絶えずに続いていたように錯覚してしまう。

坊咲がこれまで優里と築いてきた生活と子供たちの話などをしていると、亜館はじれたような表情をして、途中でさえぎり、

「君たちのことはとっくに調べてくわしく知っている。それより僕はねえ――」

と自分の仕事の話をはじめた。こういうところも昔と変わらない。

亜館によれば、以前勤めていた大手の調査会社から独立して、自分の会社を興したらしい。もっとも仕事の大半は、元の勤め先の下請け業務だという。

「まあ、そんなこんなで、くそ退屈な仕事をこなしていたんだけど、例の某国がまたぞろ動きはじめたらしく、僕にも調査の誘いの声がかかったんだ。

あっ、この話題は嫌なことを思い出させちゃうかな」

問われた優里は首を横にふる。もう十年前に終わった事件だ。

いずれにせよ、亜館は話題を変えるつもりはさらさらないようで、すぐに言葉をつぐ。

「実はね、十年前も某国の指示で動いているのはほかにもいると、僕たちはにらんでいたんだ。ただ、あのときは八島さんと木村比呂美だけが逮捕され、それ以上の追及は尻すぼみに終わった。今回、ふたたび遺伝子医学研究所へスパイが近づいているとの情報がもたらされたとき、警察の捜査員は見逃したけど、僕だけは、十年前の白骨死体事件に目をつけたんだ。あの事件は、某国が八島さんにプレッシャーをかけるため、間もなく掘り返される予定の場所に、白骨死体と君島みどりの私物を埋めた事件だとみなされていた。

たしかにそういう一面もあっただろうけど、それだけにしては仕かけが大げさすぎる。そもそも白骨死体はどうやって用意したのか。いくらなんでも数年前からなにかのためにと、人ひとり殺して死体を保管していたはずはない。

もしかしたらこの死体の殺人犯はあのとき、あの場所にいて、八島さんと同様に某国から脅しを受けていたのではないか。

そこで僕はあの白骨死体事件のその後を調べてみた。警察の捜査により被害者は仲藤由美だと判明していた。発見の三年ほど前に、家族から捜索願が出されていた失踪者だ。

おそらく失踪直後、殺害されどこかに埋められた。それを知っていた某国のエージェントがあの事件の前に、市西総合病院そばに埋め直した。そのせいで殺害時の証拠や遺留品がごくわずかしか採取できなかった。それでもさっき斎田にも言ったように、最新技術で微量のサンプルからＤＮＡを検出して、ようやく真犯人を突き止めたというわけ。

斎田が犯人だと推定したうえで捜査をすると、仲藤由美とは同時期にスペイン旅行をしていることが判明した。仲藤は友達とのツアー旅行だから、一緒に行動したわけではないようだけど、おそらく旅先で知り合い、日本に戻って付き合うようになったらしい。仲藤が失踪したのは、スペイン旅行の三か月後で、そのとき斎田も国内にいた」

「でも、某国はなぜ斎田さんの犯行を知っていたんですか。死体の隠し場所まで分かっていたとすれば、事前に知られていたんですかね」

「くわしくは今後の取り調べの結果を待つしかないけど、おおよそ想像できる。世界中を旅していた斎田は、某国内を旅行中に目をつけられたのだろう。もしかするとなにか事件でも起こして逮捕されたのかもしれない。その逮捕時の取り調べで、犯行を自供したとも考えられる。

ともかく帰国後、斎田は某国の手先となった。十年前のあのときも、斎田は八島さんの監視役と、もし八島さんの研究所への異動がうまくいかなかった場合、研究所への侵入役を務めることになっていた。

まあ、その前に佐伯医師の転落死事件を起こしてフェードアウトしてしまったんだけどね。これは計算外だったろう。

あと、まだ確証もないんで僕の想像の域を出ないことだけど、あの事件当時、僕たちのいた階で水もれ事故があって監視カメラが止まっただろ。あれも斎田の仕業だったんじゃないかな。監視カメラを無効にして、工作を進めやすくするつもりだったのかもしれない。またはもっと重要な場所の監視カメラを止めるための予行演習だったとも考えられる。

今たしかに言えることは、斎田が某国の指示のもと、遺伝子医学研究所の研究成果を盗み出そうとしていたということだ。僕の推理のおかげで斎田が捜査線上に浮かんだあとは、ずっと警察の監視下にあった。

取り壊し前の引っ越し準備で研究所のセキュリティシステムが一時的にダウンする今夜、斎田はかならず行動に出る。そう予測して、僕たちは網を張っていた。

もちろん、セキュリティシステムがダウンするなんて偽情報だ。そういう情報を斎田に焦点を当てて流せたのも、僕が女子大生殺害の犯人を斎田と特定したおかげなんだけどね。そして、まんまとそれに引っかかって、先ほど見たとおりの結果となったというわけさ」

亜館は得意げに説明を終えると、ジョッキの底に残ったビールを飲み干してお代わりを注文した。

すべて片づいたはずの事件から十年、まだこんな事実が隠れていたとは。おどろく坊咲の隣の席で優里は、ややけげんな表情を浮かべている。

亜館はふたりの顔を交互に見つめ、腑に落ちない顔つきの優里に、

「なにか？」

と尋ねたが、優里は無言で首をふった。

亜館はテーブルに身を乗り出して、

「今回も某国の動きを阻止したけど、これで終わりじゃない。うがった見方をすれば、斎田のよう

などこか抜けた男を使って、こちらの油断を誘ったとも考えられる」

「というと」

「日本は情報戦では周回遅れになっているからね。敵は何重にも仕かけを施している。斎田も八島さんも本当の目的を遂げるための捨て駒だったのかもしれないよ」

とつぜん、自分が話題に上った八島はけげんな顔をして、

「どういうことですか」

「別に深い意味はない。国際的な陰謀は、複層的で長い年月をかけて構築されることが多いっていう一般論だ」

亜館と優里の間が微妙な雰囲気になったので、坊咲は無難にまとめにかかる。

「某国の手がどこまで及んでいるか分からないのが怖いですね」

「そう、常にスパイは意外なところに潜んでいる。だから僕の商売も繁盛しているってのが皮肉だけど」

と亜館が応じてこの話題は終わりになった。

坊咲の勤務先でも、近年、情報セキュリティの管理が一段と厳しくなった。そのための研修も何度となく受けている。そういう時代になっているのだろう。

その後、三人は食事を終え、しばらく雑談をして会計をすませた。

店を出て駅前の交差点まで来た。ここからホテルへ向かう亜館と、駐車場へ向かう坊咲たちと進む方角が分かれる。

今後、またこの奇妙な探偵と巡り合うときがあるのだろうか。

「なにかあったら連絡してよ」

別れ際に名刺をもらった。信号が変わり、

「それじゃ、また」

「それじゃ、また」

再会を約して、別々の道へ進もうとすると、じっと考え込んでいた優里が唐突に口を開いた。

「ちょっと待って。ＤＮＡの件ですけど、どうしてわざわざ斎田さんの海外治験のデータを取り寄せて調べたんでしょうか。もともと斎田さんに狙いを定めていたということですか」

亜館は少し困ったような顔をして、

「斎田もその他大勢の容疑者のひとりだった。じつを言うとあの治験にかかわった男性とあの時期、研究所に所属していた男性のＤＮＡを可能な限り、採取して調べたんだよ」

「それって、もしかして、僕のもですか」

坊咲が尋ねると、亜館はすっと視線を外し、

「いやぁ、君には容疑はかかってなかったから、ＤＮＡは調べてないよ。それじゃ」

と坊咲たちに背を向けると、夜の街闇にまぎれた。

「あれは、きっと調べたんだな」

坊咲は苦笑いをする。しかし、優里は首を横にふった。

「いえ、そう思わせるための芝居だと思う」

「どういうこと？」

「あなたのDNAなんか調べてないの。おそらく斎田さんのも」

「なんでそう言える」

「いくら警察でもDNAの個人データなんて簡単に取れない。あなたは事件の容疑者でもなんでもないんだから、令状だって下りるはずがないわ。斎田さんだってDNAの一致が分かるまでなにも証拠はなかったんだから、事情は同じ。ましてや斎田さんのデータは海外だから、取り寄せるのはなおさら難しいでしょう」

「じゃあ、亜館さんの話は全部嘘ってこと？　でも、じっさい、斎田さんは捕まって、犯行も認めていたよ」

坊咲の指摘に、優里も腑に落ちないような顔で、

「それはそうなんだけれど……、推理の筋道や捜査の手順は説明どおりじゃないのかもしれない」

「手の内をすべては明かせない事情があるのかもしれないね。捜査上の秘密もあるだろうし」

「なんだか亜館さんって、とらえどころのない不思議な人」

「まあ、たしかに変な人にはちがいないね」

「きっとわたしたちに見せていたのはごく一部で、なにかもっと大きな秘密を抱えている気がする」

坊咲と優里は、亜館の向かったホテルの方へ目を向けた。通りには人影があったが、いずれも亜館ではない。

「あら、これ」

優里が足元を指した。黒っぽいカードケースが落ちている。坊咲は手に取って、

「亜館さんのかな。名刺を出したとき、落としたのかもしれない」

「携帯にかけてみたら？　まだ近くにいるでしょう」

もらった名刺の番号にかけた。コールを聞いてかけ直した。何度も番号を打ち直してかけ直す坊咲に、

「どうしたの、留守電？」

「いや、この番号、現在使われてないって」

坊咲と優里は顔を見合わせたあと、亜館の消えた夜の街を見つめ、いつまでもたたずんでいた。

本作品は書下ろしです。
＊本作品はフィクションであり、実在の人物・団体・作品・事件・場所等とは一切関係がありません。

岡田秀文（おかだ・ひでふみ）

1963年、東京都生まれ。明治大学卒業。1999年「見知らぬ侍」で第21回小説推理新人賞を受賞し、2001年『本能寺六夜物語』で単行本デビュー。2002年『太閤暗殺』で第5回日本ミステリー文学大賞新人賞を受賞。2014年『黒龍荘の惨劇』が日本推理作家協会賞、本格ミステリ大賞の候補に。主な著書に『伊藤博文邸の怪事件』に始まる〈名探偵月輪シリーズ〉のほか、『白霧学舎 探偵小説倶楽部』『戦時大捜査網』『首イラズ　華族捜査局長・周防院円香』『維新の終曲』などがある。

治験島《ちけんとう》

2023年6月30日　初版1刷発行

著　者　岡田秀文《おかだひでふみ》

発行者　三宅貴久

発行所　株式会社 光文社

〒112-8011　東京都文京区音羽1-16-6

電話　編　集　部　03-5395-8254

書籍販売部　03-5395-8116

業　務　部　03-5395-8125

URL　光　文　社　https://www.kobunsha.com/

組　版　萩原印刷

印刷所　萩原印刷

製本所　ナショナル製本

落丁・乱丁本は業務部へご連絡くだされば、お取り替えいたします。

R ＜日本複製権センター委託出版物＞
本書の無断複写複製（コピー）は著作権法上での例外を除き禁じられています。本書をコピーされる場合は、そのつど事前に、日本複製権センター（☎03-6809-1281、e-mail:jrrc_info@jrrc.or.jp）の許諾を得てください。

本書の電子化は私的使用に限り、著作権法上認められています。ただし代行業者等の第三者による電子データ化及び電子書籍化は、いかなる場合も認められておりません。

©Okada Hidefumi 2023 Printed in Japan
ISBN978-4-334-91523-0